21世纪高等学校规划教材

CAILIAO LIXUE SHIYAN

材料力学实验

主　编　张锋伟

副主编　赵春花

编　写　高爱民　郭松年

主　审　康国瑾

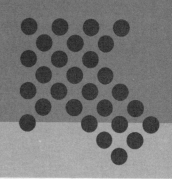

中国电力出版社

http://jc.cepp.com.cn

内 容 简 介

本书为 21 世纪高等学校规划教材。

本书包含了教学大纲规定的基本实验，内容包括绪论、实验设备及仪器、基本实验、电测应力分析、光测弹性实验简介、实验误差分析和数据处理等。本书突出了微机控制材料试验机的使用特点，附带了五个基本实验和一个综合性设计性实验的实验报告册，以及与之配套的实验操作流程。

本书可作为本科院校相关专业的材料力学实验指导书，也可供高职高专院校相关专业师生和工程技术人员参考。

图书在版编目（CIP）数据

材料力学实验/张锋伟主编 .—北京：中国电力出版社，2009

21 世纪高等学校规划教材

ISBN 978 - 7 - 5083 - 8706 - 2

Ⅰ. 材… Ⅱ. 张… Ⅲ. 材料力学—实验—高等学校—教材
Ⅳ. TB301-33

中国版本图书馆 CIP 数据核字（2009）第 054584 号

中国电力出版社出版、发行

（北京三里河路 6 号 100044 http：//jc.cepp.com.cn）

北京市同江印刷厂印刷

各地新华书店经售

*

2009 年 5 月第一版 2009 年 5 月北京第一次印刷

787 毫米×1092 毫米 16 开本 7.25 印张 171 千字

定价 **11.60** 元

前　言

　　随着高等院校课程体系的不断改革和完善，各高校材料力学课程的学时普遍已缩减为64学时左右，而实验学时只占6～8学时。编者对近几年的实验教学改革进行了认真总结，结合多年从事材料力学实验教学体会和微机控制材料试验机的使用特点，在吸收同类院校实验教学改革成果的基础上编写了这本书。

　　本书共安排了六个基本实验，六个电测实验，对其中的六个实验配备了实验报告册和实验操作流程，该流程对规范学生的实验操作具有很好的指导作用。在必做实验中，安排了一个典型的综合性设计性实验。

　　本书由甘肃农业大学张锋伟担任主编，赵春花担任副主编。具体编写分工如下：张锋伟（前言、第2章、第3章3.5和3.6、第5章），赵春花（第1章、第5章、附录Ⅰ～附录Ⅵ），高爱民（第4章、第6章），郭松年（第3章3.1～3.4），戴飞进行了文稿校对工作，在此表示感谢。

　　本书由兰州大学康国瑾主审，并提出了许多宝贵的意见和建议，在此表示感谢。

　　限于编者的水平，教材中难免有疏漏和欠妥之处，敬请广大教师和读者批评指正，以便今后进一步修改和完善。

编　者

2009 年 3 月

目　录

第1章　绪　　论

1.1　实验的内容

材料力学作为高校工科专业的一门技术基础课和必修课，占有非常重要的地位。研究力学问题有两种途径，即理论分析和实验分析，两者相辅相成。实验的结果常常为新理论的建立提供依据，新理论的提出和理论计算的结果需要实验验证。实验是科学研究的重要方法，实验的设计和实施需要理论分析做指导。材料力学实验是材料力学的一个重要组成部分，它不仅可以巩固所学课程的基本理论，而且对培养学生解决、分析实际问题的能力，提高学生动手能力，都具有很重要的作用。

材料力学实验包括以下三个方面的内容。

1. 材料的力学性能测定

材料的力学性能是指在力或能的作用下，材料在变形、强度等方面表现出的一些特性，如弹性极限、屈服极限、强度极限、弹性模量等。这些强度指标或参数都是构件强度、刚度和稳定性计算的依据，而它们一般要通过实验来测定。随着材料科学的发展，各种新型合金材料、合成材料不断涌现，力学性能的测定成为研究每一种新型材料的重要任务。

2. 验证已建立的理论

材料力学的一些理论和公式都是在简化和假设（平面假设，材料均匀性、弹性和各向同性等假设）的基础上推导出来的。例如，杆件的扭转、弯曲理论是以平面假设为基础。用实验验证这些理论的正确性和适用范围，有助于加深对理论的认识和理解，只有这样才能确定公式的正确性和适用范围；至于对新建立的理论和公式，用实验来验证更是必不可少的。实验是验证、修正和发展理论的必要手段。

3. 应力分析实验

在大多数情况下，对于工程实际中的结构，因构件几何形状不规则、受力复杂等原因，应力计算无适用的理论，这时，用电测法或光测法等实验应力分析方法直接测定构件的应力，便成为有效的方法。对经过较大简化后得出的理论计算或数值计算，其结果的可靠性更有赖于实验应力分析的验证。随着计算机技术和电子技术的迅速发展，这些实验应力分析方法已被广泛使用。

实验应力分析，是用实验方法分析受力构件的应变、应力等力学参量的有效方法，它与工程实际密切联系。通过实验应力分析可以检验和提高设计质量、工程结构的安全性和可靠性，可以达到减少材料消耗、降低生产成本和节约能源的要求。它还可以为发展新理论、设计新型结构及新材料的应用提供依据。实验应力分析不仅可以推动理论分析的发展，而且能有效地解决许多理论上尚不能解决的工程实际问题。因此，实验应力分析和应力分析理论一样，是解决工程强度问题的一个重要手段，在航空、机械、土木等工程领域都得到广泛的应用。

实验应力分析的方法很多，主要有电测法、光测法、全息法、云纹法等。

电测法是以电阻应变片为敏感元件，通过电阻应变仪测出构件表面测点的应变，然后借助胡克定律求出测点的应力。电测应力分析在工程中广泛使用，是实验应力分析中的重要方法之一。

光测力学近年来有很大进展，经典的光弹性实验技术已从二维、三维模型实验发展成为能用于工业现场测量的光弹性贴片法，用来解决扭转和轴对称问题的光弹性散光法，研究应力波传播和热应力的动态光弹性法和热光弹性法，进行弹塑性应力分析的光塑性法，及研究复合材料力学的正交异性光弹性法。云纹法已日趋完善，特别是用于大变形测量，效果尤为明显。20 世纪 60 年代后期发展起来的全息干涉法和散斑干涉法，在分析复杂构件的振型和振幅、测量物体的微小变形、三维位移场的定量分析、测定含裂纹构件的应力强度因子等方面，都已取得一定的成效。在全息技术和散斑技术中应用脉冲激光，还可以研究应力波在固体中的传播。全息光弹性法，可以同时获得等差线和等倾线的数据，便于分离主应力，解决平面的应力分析问题。焦散线法等测量奇异变形的光学方法，可以测量裂纹尖端的塑性区和应力强度因子，也可以测量角隅区的应力奇异性、两物体间的接触应力等。

声弹性法可以用来测量焊接件的残余应力；声发射技术可以用来测定含裂纹试件的开裂、监测疲劳裂纹的扩展等；声全息技术可以用来显示试件内部缺陷的形状与大小；其他应力分析方法还有脆性涂层法、X 射线应力测定法、比拟法等。

在应力分析实验中采用何种方法主要取决于实验目的和对实验精度的要求。一般来说，为检验设计理论，校核结构与构件的强度，若仅需了解局部应力分布，用应变电测法比较方便；当进行设计方案比较，或构件形状和受力条件比较复杂，需要全面了解结构与构件的受力状况时，则以光弹性实验为宜，用光弹性方法测定构件的应力集中系数特别方便。总之，各种方法都有其长处和短处，原则上应扬长避短，因此有时将几种方法结合起来使用。例如，在力学实验中先用光弹性方法了解构件的危险截面位置，再通过应变电测法测量危险点的应力。

实验方法的选择往往还与实验人员的经验和所拥有的技术手段有关，但实验人员应时刻牢记：实验离不开理论的指导，应力应变分析理论是材料力学实验的主要指导理论。只有通过对受力构件的变形分析才能把握测试的重点，制定合理的实验方案，测试结果还得用应力应变分析理论计算出测点应力。没有理论指导的实验往往会事倍功半，甚至导致错误的实验结果。

在材料力学实验中，常规实验采用的微机控制万能材料试验机中的力传感器就采用了电测应力分析技术。通过材料力学电测实验，我们就能亲自体验到电测应力分析的优越性。

1.2　实验测量的基本概念

测量就是用一定的工具或仪器设备来确定一个未知的物理量、机械量、生物医药等参量数值的过程。测量方法可分为直接测量和间接测量。直接测量是借助于测量工具或测量仪器把被测量与同性质的标准量进行比较，例如，测量物体的质量，可以通过天平秤将砝码与被测物进行比较；有时则无法将被测量与标准量直接比较，而要作一些变换后才能进行，例如，用压力表测量容器中的压力时，必须将压力转换成压力表上指针的刻度，同时压力的标准量也被转换到压力表的刻度盘上，这样被测量与标准量都被转换成同性质的位移量（中间量），就可以比较了。以上两种测量方法都是直接测量。在材料力学实验中，用非电子显示力和位移的液压式和机械式万能材料试验机试验所测得的数据，就属于直接法测量。但是有许多被测量无法用简单的直接测量方法得到，这就需要用间接测量方法。间接测量法是对与被测量有确定函数关系的其他物理量（即原始参数）进行直接测量，然后根据函数关系计算出被测量，例如，测量运动物体的加速度，先将被测的加速度通过相应的传感器转变成电量（参数），并将该电量（参数）放大或转换，再送入显示器或记录仪，或送入计算机处理，从而得到被测的加速度，这就是间接测量。为了使测量结果得到确认，用来进行比较的标准量必须准确并得到公认，此外所用的方法和仪器必须经过校验。在材料力学实验中，用微机控制万能材料试验机试验所测得的数据，就属于间接法测量。

采用间接测量方法，要根据测量原理设计一套测量系统。一个完整的测量系统主要包括以下三部分。

（1）传感级。传感级是系统的信息敏感部件，用来感受被测量，并将其转换成与被测量成一定函数关系（通常是线性关系）的另一种物理量（通常为电量）。

（2）中间级。中间级是用来将传感器输出的信号转换成便于传输、显示、记录并进行放大的装置。

（3）终端级。终端级是一个显示器、记录仪或某种形式的控制器，用来显示或记录被测量的大小或输出与被测量相应的控制信号，以供应用。

以上测量系统中，信息传输大都为模拟量，其缺点是容易受到干扰，影响测量精度。目前发展方向是将传感器信号转换成数字信息，其优点是抗干扰能力强，测量精度高，测量速度快。

1.3　实验的特点和要求

实验课不同于课堂的理论教学。第一，学生如果当场没有理解理论教学的内容，课后还可以通过自己复习教材、同学间的相互讨论、教师的答疑再去完成作业。而实验课上，学生面对陌生的仪器设备，必须在有限的时间内亲手操作，给试样加载，同时观测其变形，获取实验数据，甚至拿出实验结果，这一切离开实验条件就无法进行，因此实验课前的充分预习就显得十分重要。第二，课堂理论教学一般不存在安全问题，而实验教学就存在设备安全甚至人身安全问题，特别是材料力学实验，有时对试件所加的载荷比较大，如破坏性试验、动载试验、冲击试验就存在一定的危险性，这就要求学生必须严格遵守实验规则和仪器设备的操作规程。第三，理论知识的学习一般都是个体作业，而实验时力和变形要同时测试，一般要有几个人相互配合才能很好地完成实验全过程。这就要求学生有明确的岗位职责，在实验的每个环节都严谨认真，并发挥分工协作的团队精神，否则就不可能得到正确的实验结果，有效地完成实验任务。

材料的强度指标如屈服极限、强度极限、弹性模量等，虽是材料的固有属性，但往往与试样的形状、尺寸、表面加工精度、加载速度、周围环境等有关。为使实验结果能相互比较，国家标准对试样的取材、形状、尺寸、加工精度、试验的手段和方法、数据的处理等都作了统一的规定，我国国家标准的代码是 GB。

对破坏性试验，如材料强度指标的测定，考虑到材料质地的不均匀性，应采用多根试样，然后综合评定结果，得出材料的性能指标。对非破坏性试验，构件变形量的测定，因为要借助于变形放大仪表，为减小测量系统引入的误差，一般也要采用多次重复，然后综合评定结果。

根据上述的实验课特点，学生应达到以下几方面的要求。

（1）实验课前每位学生都必须明确本次实验的目的、原理和步骤，了解所使用的试验机和测量仪器的基本构造原理和操作规程，了解所测试试样的材料、形状和公差要求，进行充分的预习和实验准备，应写出预习报告。

（2）在正式开始实验之前，要检查试验机测力度盘指针是否对准零点，变形仪安装是否稳妥，试件装夹是否正确，电测仪表接线是否正确等，并拟定好相应的加载方案。对试样所能承受的最大载荷，选择适当的量程，注意其最大载荷不得超过试验机所选量程的80%，以保证试验机有足够的灵敏度和示值精度。静载试验的加载速率应缓慢、均匀，特别是材料的仲裁试验，应严格按照相关国家标准或国际标准的规定进行。准备工作完成后还应请指导教师检查无误后方可启动试验机。第一次加载可以不作记录（不允许重复加载的试验除外），观察试验机和变形仪是否运行正常。如果正常，再正式加载并开始记录实验数据。

（3）实验过程中应精心操作，细心观察，测量和记录各种实验现象及数据。若出现异常现象应及时报告指导教师并作好原始记录。在实验中还应提倡主动思索，发挥独立思考能力，结合所学理论知识对实验中的数据和现象进行分析，使理论与实际联系起来，把实验中获得的感性认识上升为理性知识。对实验中发现的可疑现象和数据可以重复测试、重复观察并分析其产生的原因再决定取舍，但无论取或舍都必须保持原始记录。

（4）实验结束要及时撰写实验报告。实验报告的内容应包含：实验名称，实验日期，实验环境的温度、湿度，实验目的，原理简述，实验布置简图，使用的仪器设备的名称，实验数据的记录，数据处理的表达和实验数据的误差分析讨论，及同组实验人员的分工名单。

整理实验结果时，应剔除明显不合理的数据。实验数据要用数学归纳法进行整理，并注意有效数字修正。对材料常数的确定，常用增量平均值法处理，多次实验的平均值最接近真实值。数据运算的有效位数要依据机器、仪表的测量精度来确定，但一般在实验中只保留三位有效数字。实验成果的表示，一般有表格表示法和曲线表示法，用表格表示两个或两个以上物理量之间的关系时，要使读表者能一目了然地看出规律性的结果；而有时用曲线表示实验结果更具有直观性、规律性。对于物理量之间的关系在它们互相变化过程中，除非是转折质变的过程，一般都是连续的，也就是作成的曲线应连续光滑，但实验数据点不可能都落在曲线上，这时就必须运用数据处理的方法进行曲线拟合，以真实地显示物理量之间变化的规律性。

（5）对试样变形的测量，一般由于弹性变形很小，需用变形仪器进行放大测量，因此应了解其构造原理、使用方法和放大倍数。在选用时，要注意使实验中最小变形值应远大于变形仪上的最小刻度值，而最大变形值则不得超过变形仪满量程的80%。

以上几点是实验成功所必备的基本条件和要求，在实验全过程中都必须严格遵守。

第2章　实验设备及仪器

2.1　普通液压万能材料试验机

材料试验机是测定材料力学性能的主要设备。常用的材料试验机有拉力试验机、压力试验机、扭转试验机、冲击试验机、疲劳试验机等。能兼作拉伸、压缩、弯曲等多种试验的试验机称为万能材料试验机，简称万能机。供静力试验用的普通万能材料试验机按其传递载荷的原理可分为液压式和机械式两类。

一、普通液压式万能材料试验机的组成及工作原理

普通液压式万能材料试验机结构如图2-1所示，主要由加载系统和测力系统组成。

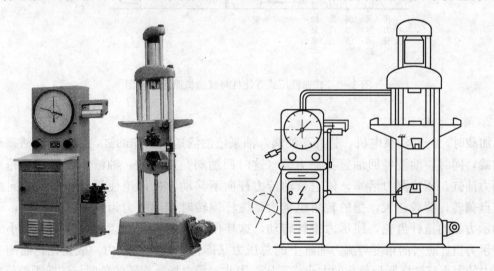

图2-1　普通液压式万能材料试验机结构图

1. 加载系统

图2-2所示，蜗轮蜗杆和调位电机（或手动调位轮）安装在底座上，两根立柱固定在底座上，而固定横梁固定在两根立柱上，由底座、两根立柱、固定横梁组成承载框架。工作油缸安装在固定横梁上。在工作油缸的活塞上，支承着由上横梁、活动立柱和活动平台组成的活动框架。当油泵开动时，油液通过送油阀，经进油管进入工作油缸，把活塞连同活动平台一同顶起。这样，如把试样安装于上夹头和下夹头之间，由于下夹头固定，上夹头随活动平台上升，试样将受到拉伸。若把压缩试样竖直置放于活动平台中央，则因固定横梁不动而活动平台上升，试样将受到压缩。同理，若把弯曲试样水平置放于活动平台上的两个支座上，则因固定横梁不动而活动平台上升，试样将受到弯曲。

在夹持拉伸试样时，如欲调整上、下夹头之间的距离，则可开动调位电机（或转动手动调位轮），驱动螺杆，便可使下夹头上升或下降。但调位电机绝对不能用来给试样施加拉力。

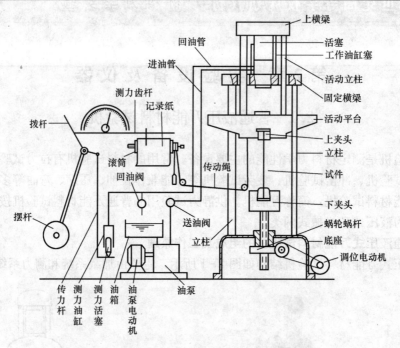

图 2-2　普通液压式万能材料试验机原理示意图

2. 测力系统

加载时，开动油泵电机，打开送油阀，油泵把油液送入工作油缸，顶起工作活塞给试样加载，同时，油液经回油管及测力管（这时回油阀是关闭的，油液不能流回油箱）进入测力油缸，压迫测力活塞，使它带动传力杆向下移动，从而迫使摆杆和摆锤联同拨杆绕支点偏转，荷载越大，摆的转角也越大。拨杆偏转时推动测力齿杆作水平移动，于是驱动示力盘的指针齿轮，使示力指针转动，这样便可从测力盘上读出试样受力大小的数值。示力指针旋转的角度与测力油缸上的总压力（即传力杆所受拉力）成正比，而测力油缸压力的大小与试样所受荷载的大小成正比，因此，示力指针旋转的角度与试样所受荷载的大小成正比。

试验机配有不同重量的摆锤，可供选择。一般试验机可以更换三种锤重，故测力盘上相应有三种刻度，这三种刻度对应着机器的三种不同的量程。例如，WE-300 型万能试验机配有 A、B、C 三种摆锤，其对应的三种测量量程分别为 0~60kN、0~150kN、0~300kN。

二、普通液压式万能材料试验机操作步骤

（1）关闭送油、回油阀。

（2）选择量程，装上相应的锤重。

（3）加载前，测力指针应指在刻度盘的"零"点，否则必须加以调整。调整时，先开动油泵电动机，将活动平台升起 3~5mm 左右，然后稍旋动摆杆上的摆锤，使摆杆保持铅直位置，再转动水平齿条，使指针对准"零"点。

（4）安装试样。压缩试样必须放置垫板，拉伸试样则须调整上夹头或下夹头位置，使拉伸区间与试样长短相适应。注意，试样夹紧后，绝对不允许再调整夹头，否则会造成烧毁夹头调位电机的严重事故。

（5）调整好自动绘图仪的传动装置及滚筒上的纸和笔。

（6）开动油泵电动机，缓慢打开送油阀，慢速均匀加载。

（7）实验完毕，立即停车取下试样。这时关闭送油阀，缓慢打开回油阀，使油液泄回油箱，于是活动平台回到原始位置。最后将所有机构复原，并清理机器。

三、注意事项

（1）开车前和停车后，送油阀、回油阀一定要在关闭位置。加载、卸载和回油均应缓慢进行。加载时要求测力指针匀速平稳地走动，应严防送油阀开得过大（这时测力指针会走动太快），致使试样受到类似冲击载荷的作用，不再是静载作用。

（2）拉伸试样夹住后，不得再调整下夹头的位置，以免使带动夹头升降的电动机烧坏。

（3）机器运转时，操作者必须集中注意力，中途不得离开，以免发生安全事故。

（4）试验时，不得触动摆杆和摆锤，以免影响试验读数。

（5）在使用机器的过程中，如果听到异声或发生任何故障应立即停车（切断电源），以便进行检查和修复。

2.2 电子式万能材料试验机

电子式万能材料试验机是采用电子技术（或计算机）控制的万能材料试验机，主要有两种类型：一种是数字显示式的，它将力、位移和变形的大小通过面板上的数显窗口同步显示出来，可以随时记录，也可以通过微型打印机打印出来，其主要特点是加力速率范围宽且易于准确控制，操作简便；另一种是完全由微机控制的，操作方便灵活，可根据显示器的提示用键盘或鼠标实施对试验机操作控制，并能自动进行数据处理，数据的后处理能力很强。

近年来电子式万能材料试验机先后采用了四种不同的控制方式：一种是采用松下电机及控制器技术，只能实现等速模拟控制的电子式万能材料试验机；第二种是采用单片机组成测量、控制单元，通过计算机与之通信实现模拟控制的电子式万能材料试验机，这种控制方式虽然实现了等速、等应力、等应变控制，但在实验过程中各种控制方式无法相互切换；第三种是以 386 计算机为内核的测量控制技术，各生产厂家另配计算机及实验软件与之通讯的电子式万能材料试验机，该方式只能实现程序控制，对实验员素质要求较高；第四种是采用数字式脉冲调宽技术，全数字闭环多功能控制的电子式万能材料试验机，其测量控制系统既可以实现程序控制实验又可以实现随机控制实验，在实验过程中，各种控制速率及控制方式均可以互相平滑切换。电子式万能材料试验机由于采用了传感技术、自动化检测、微机控制等较先进的测控技术，不仅可以完成拉伸、压缩、弯曲、剪切等常规实验，还能进行载荷或变形循环、蠕变、松弛、应变疲劳等一系列静、动态力学性能实验，具有测量精度高，加载控制简单，实验范围宽，可以对整个实验过程进行预设和监控，通过强大的后处理技术直接提供实验分析结果和实验报告、再现实验数据等优点。

一、结构与工作原理

电子式万能材料试验机主机可分为双空间和单空间两种类型，而双空间试验机又可分为下拉上压式和上拉下压式，如图 2-3 所示，试验机随制造厂家不同，其结构和功能略有差异，但其结构一般均包含下列五个系统（见图 2-4）。

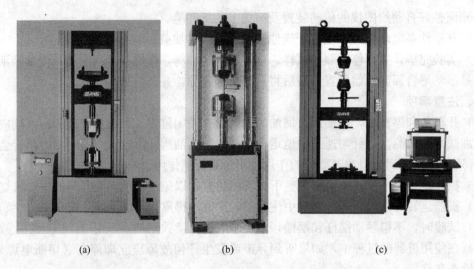

图 2-3　电子式万能材料试验机

(a) 下拉上压式（双空间）；(b) 单空间；(c) 上拉下压式（双空间）

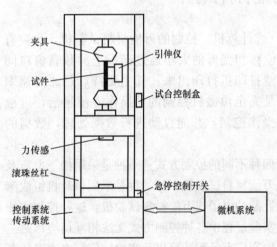

图 2-4　电子式万能材料试验机结构图

1. 加力系统

试验机的加力机构装于主机机架内，两滚珠丝杠垂直分装在主机左右两侧，活动台内的两套螺母用滚珠与相应的滚珠丝杠啮合。工作时，交流伺服电机经齿形皮带减速后驱动左右丝杠同步原地转动，活动台内与之啮合的螺母便带动活动台下降或上升。活动台下降时，对于"上拉下压式"试验机，上部空间为拉伸区，下部空间为压缩与弯曲区，而活动台上升时应空载运行，不能施加载荷；对于"下拉上压式"试验机，活动台上升时，下部空间为拉伸区，上部空间为压缩与弯曲区，活动台下降时，应空载运行，不能施加载荷。活动台升降及其速度控制有两套并行装置：一套是位于主机右立柱上的手动按键式控制盒，有启动按钮、停止按钮、慢速和快速升降按钮、试样保持按钮等，供装卡试样时调整活动台位置和启动实验时使用；另一套直接由微机控制，主要供试验加力时使用。在设备的适当位置还需另外配有紧急停机按钮，供实验过程中出现意外情况时使用。有些试验机还配有升降停选择钮和调速电位器。

2. 测力系统

当夹持好试件后，横梁运动时，通过夹具施加一个力给试样，与试样一端相连的测力传感器受力后，产生一个微弱的信号，此信号经测量系统放大并经 A/D 转换器转换后，送给微机进行采集、处理、线性修正，从而显示出所测到的力值。测力传感器一般固定在横梁中央并与下夹头和压头相连接。

由于电子式万能试验机最容易损坏的部位是传感器，因此几乎所有电子式万能试验机都配有限位开关，有强制限位和临时限位开关，用来保护传感器。所以，实验人员在使用过程中必须要认真调整，灵活使用。

3. 试样变形测量系统

将小变形或大变形传感器装夹在试样上，由于试样的伸长，引起了小变形（标定值）或大变形的相对运动，小变形或大变形传感器经由测量系统放大或计数，并由 A/D 转换器转换后，将数据传送给微机，微机再通过线性修正，从而显示出所测到的变形值。

4. 活动横梁位移测量与控制系统

由于丝杠的运动，带动了连接在丝杠顶端的编码器转动，编码器首先将转动的角度信号送给测量系统，然后再至微机，这样便完成了位移的测量。所测量到的横梁的位移，也就是试样发生的整体变形。对活动横梁位移还有限位控制，通过灵活调整横梁的"强制限位"装置和"活动限位"装置可以有效保护设备的使用安全。

5. 微机自动测试与控制系统

电子式万能材料试验机采用了主从结构的计算机控制系统。试验机的测量、控制等功能模块内嵌于微处理器中作为下位机，下位机主要完成功能模块内部功能控制，例如，测量模块的标定、调零、换挡等，控制模块的参数设定，各种保护的自诊断等。主控计算机通过 CPIB 总线管理，控制试验机的测量与控制模块的下位机组建并完成各种功能的力学性能测试。

注意试样变形测量有两种方式，一是通过安装在活动横梁与立柱之间的位移传感器，测量横梁的位移，也就是试样发生的整体变形；二是通过另外加装的电子引伸仪精确测量试样标距内的局部变形。这两种变形信号都能输出至计算机进行必要的切换、采集、处理。

二、操作步骤

（1）打开主机电源，预热（一般要求预热 10min 左右）。

（2）启动计算机和打印机。

（3）按下主机手动微调面板上的启动按钮或启动计算机上设备的控制软件。

（4）安装试样，先上夹头，后下夹头，需要时手动调整活动台位置。

（5）必要时，还要在试样上安装引伸计。

（6）进行参数设定或通过计算机在设备的控制软件界面上选择实验方案，并对传感器清零。

（7）在确认实验设备连接无误后，启动实验运行按钮。

（8）待实验结束后，分析、处理数据，显示并打印出试验结果。

三、注意事项

电子式万能材料试验机是一种多参量、多功能、高精度、智能型的力学实验设备，为了杜绝事故的发生，在使用过程中应特别注意下列事项。

（1）在主机开动前，必须把位移行程限位保护装置调整好，以保证在实验时活动横梁不与上横梁或工作台相撞。

（2）试验机单向加载不应超过载荷传感器额定量程的 80%，双向循环加载其拉伸与压缩载荷不宜超过载荷传感器容量的 60%。

（3）拉伸夹具夹持试样部分的长度不得少于夹块长度的 80%。

（4）载荷、变形测量仪器应预热 30min 后方可开机实验。

（5）新传感器与放大器配套使用前，必须对放大器各挡满度进行标定。

（6）当试验机处于应力（或应变）控制中时，可进行力值换挡，不能进行变形换挡。

（7）调整传感器的各种校准参数时，必须严格遵循操作规程，否则容易造成事故。

（8）实验过程中若出现异常情况应迅速按"急停"键，然后查找原因，排除故障，待系统正常后再按正确步骤实验。

2.3　微机控制液压万能试验机

一、微机控制液压万能试验机的主要结构及工作原理

微机控制液压万能试验机采用液压加荷与微机系统相结合的技术，利用计算机对试验进行数据采集、数据处理及图形显示。主要用于金属材料的力学性能测试，能准确测定出金属材料在拉伸、压缩、弯曲等状态下的材料性能，亦可用于水泥、混凝土等非金属材料的压缩及弯曲试验。

微机控制液压万能试验机主机与电子万能试验机一样，也可分为双空间和单空间两种类型，而双空间试验机基本都采用上拉下压式，如图2-5所示。微机控制液压万能试验机主机的主要特点是加载能力强大，可以达到数百吨，而电子万能试验机加载能力只有几十吨，但微机控制液压万能试验机加载速度的控制不如电子万能试验机灵活准确。

液压式材料试验机具有抗冲击性好、刚性好、结构多样化、输出载荷范围宽、响应速度快等特点，因而在大载荷力学性能试验、复杂的结构试验、动态试验等方面具有较突出的优势。

目前，液压式材料试验机制造技术已有了长足的发展，部分国产液压式材料试验机采用了负荷传感器直接测力，相比传统的油压传感器间接测力的方式，无须考虑活塞的重力、摩擦力对试验结果的影响。有些试验机配备 DCS 全数字测量控制系统，在测量范围以内全程不分挡，具有分辨力高、测量范围宽、精度高、重复性好等特点。所采用的高精度抽出式位移传感器测量活塞位移重复性好，抗冲击能力强；油缸采用组合密封，阻尼小、寿命长、无渗漏；液压油路采用阀体集成技术，使用了插装阀和锥面密封，杜绝了渗漏，保证了良好的密封性；所选用的具有特殊低噪声设计的高性能油泵，保证了安静的工作环境；液压系统所采用的负载敏感技术（压差随动），使油泵的出口压力与油缸压力之间始终保持一个较低的恒定压差，降低了能耗，减少了发热。

图2-5　微机控制液压万能试验机

　　液压式材料试验机主要由液压加荷系统和测量系统两部分组成，加荷系统通过油缸活塞把力传递给固定在试验台下面的负荷传感器，由负荷传感器把力信号转换成电信号传送给测量系统。通过测量系统对实验数据进行处理、分析，从而得出试验结果。

　　液压式材料试验加荷系统包括主机和液压源。主机由机座（内部有主工作油缸）、试台、下横梁、上横梁、夹持部分、丝杠、光杠等部分组成，是试验机的执行机构。液压源主要包括油泵、电机、手动阀、电磁换向阀等单元。液压源是试验机的动力供给机构，利用手动阀手轮的旋转，可以实现油缸活塞的上升（顺时针转动手轮）和下降（逆时针转动手轮），从而实现对试样的加载与卸载。液压夹紧系统与主机加载系统是分开的，由电磁换向阀来实现它们与油路的通断。

　　测量系统由工控机和计算机组成，主要完成数据的采集和处理。工控机的工作原理如图2-6 所示。计算机通过串行口与工控机相连，它对工控机采集到的数据进行处理，例如，传感器示值显示、试验曲线显示，试验结果处理，试验报告打印等。

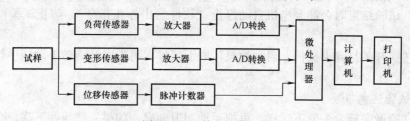

图 2-6　工控机工作原理

二、开关机顺序

　　当试验软件完全启动，进入联机状态后，机器才能运行（油泵才能启动）。所以在进行试机前，测量系统必须先启动，顺序如下：

　　开机：显示器→打印机→计算机→工控机→启动试验软件→液压源

　　关机：液压源→退出试验软件→工控机→计算机→显示器→打印机

三、试验机操作方法

　　如上所述，在保证测量系统正常的情况下，方可进行试验。

　　1. 夹块的选用及安装

　　（1）试验前，用户应根据试样的形状和尺寸选择合适的夹块，圆试样选择 V 形夹块，扁试样选择平夹块。

　　（2）将夹块推入衬板的燕尾槽内。注意夹块有倒角的一面顺着试样受力的方向。

　　（3）锁紧衬板两侧的小挡板，防止夹块偏离。

　　选用夹块应注意，当试样尺寸在夹块的临界尺寸时，尽量选用尺寸较小的一种。例如，CHT4305 的 V 形夹块有 $\phi 5 \sim \phi 16$、$\phi 16 \sim \phi 32$ 两种，如果试样尺寸为 $\phi 16$，则应尽量选择 $\phi 5 \sim \phi 16$ 的夹块。

　　警告：在装夹块时，油泵电机切勿启动，并让机器处于断电状态。

　　2. 装夹试样

　　（1）启动油泵电机，把转换开关打到"夹头"挡。

　　（2）夹紧试样，注意圆试样夹在 V 形夹块的中间，扁试样必须垂直于夹块，不能倾斜。

注意：夹持部分要足够长，最少要为夹块长度的 4/5，否则，容易对设备造成损坏。

3. 试验步骤

(1) 顺序开机，运行软件，进入联机状态。

(2) 进入试验窗口，选择设置好的试验方案。

(3) 设置好试验用户参数（试验方案及软件其他部分的设定请参看软件使用手册）。

(4) 装好合适的夹块，根据试样长度调整下横梁位置。

(5) 启动油泵电机，把转换开关打到"夹头"挡。

(6) 先夹紧试样的一端。然后升降下横梁到适当位置，力值清零（消除横梁和试样或其他附件的自重），最后夹紧试样的另一端。试样夹紧后把转换开关打到"油缸"档，位移或变形值清零。

(7) 点击试验窗口的"运行"按钮，进入试验状态，顺时针旋转手阀手轮进行加荷，直到试样断裂。试验结束时，油泵电机自动停止（软件发出停止指令），防止试验结束后活塞继续上升。

(8) 把转换开关打到夹头挡，启动油泵，取下试样，再逆时针旋转手动阀手轮，使活塞退回到底。

4. 拉伸试验注意事项

(1) 当试验做完后，先取下试样，再把手动阀退到底。如果先把活塞下降，会使断裂的试样相互抵住，破坏钳口。

(2) 在一个夹头夹紧试样后，调整下横梁到适当的位置，把力值清零，试样被完全夹紧后，位移或变形值清零。

2.4 扭 转 试 验 机

扭转试验机有多种类型，构造也各有不同。图 2-7 所示为 CTT500 微机控制扭转试验机。该扭转试验机机最大输出扭矩是 500N·m，扭转速度为 0°～720°/min，扭转速度连续可调，适用于直径为 10～20mm、长度为 100～600mm 的扭转试件。

一、机械结构原理

扭转试验机结构如图 2-8 所示，整机由主机、主动夹头、从动夹头、扭转角测量装置、电控测量系统等组成。主机由底座、机箱、传动系统、移动支座等组成。传动系统由交流伺服电机、同步齿型带和带轮、减速器、同步带张紧装置等组成；移动支座由支座和扭矩传感器组成，支座用轴承支撑在底座上，与导轨的间隙由内六角螺钉调整。CTT500 微机控制扭转试验机电器控制原理如图 2-9 所示。

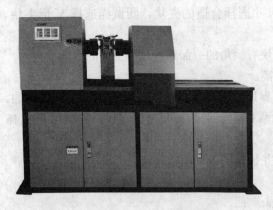

图 2-7   CTT500 微机控制扭转试验机

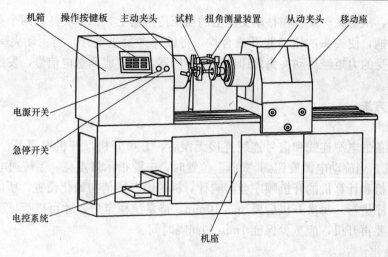

图 2-8　扭转试验机结构示意

二、扭角测量机构

扭转角测量装置由卡盘、定位环、支座、转动臂、测量辊、光电编码器组成。卡盘固定在试样的标距位置上，试样在加载负荷的作用下而产生形变，从而带动卡盘转动，同时通过测量辊带动光电编码器转动。由光电编码器输出角脉冲信号，发送给电控测量系统处理，然后通过计算机将扭角显示在屏幕上。

扭角的测量装置的安装方法如图 2-10 所示，先将一个定位环夹套在试样的一端，装上卡盘，将螺钉带紧。再将另一个定位环夹套在试样的另一端，装上另一卡盘。根据不同的试样标距要求，将试样搁放在相应的 V 形块上，使两卡盘与 V 形块的两端贴紧，保证卡盘与试样垂直，以确保标距准确。将卡盘上的螺钉拧紧。将装好卡盘的试样装在主、从动夹具上。将扭角测量装置的转动臂的距离调好，转动转动臂，使测量辊压在卡盘上。

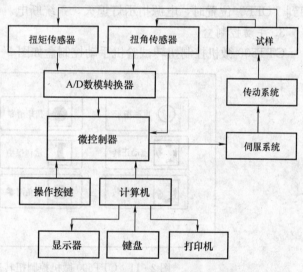

图 2-9　CTT500 微机控制扭转试验机电器控制原理

三、扭矩测量机构

扭矩传感器固定在支座上，可沿导轨直线移动。通过试样传递过来的扭矩使传感器产生相应的变形，所产生的应变信号通过电缆传入电控部分，由计算机进行数据采集和处理，并将结果显示在屏幕上。

试样夹头有两个，主动夹头安装在减

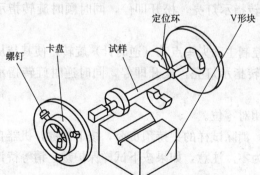

图 2-10　扭角的测量装置安装

速器的出轴端，从动夹头安装在移动支座上的扭矩传感器上，试样夹持在两个夹头之间。旋动夹头上的手柄，使夹头的钳口张开或合拢，将试样夹紧或松开。当主动夹头被电机驱动时，试样所承受的力矩经从动夹头传递给扭矩传感器，转换成测量电信号，发送给电控测量系统进行处理。

四、操作方法

1. 开机操作

在确认设备的电源连线和信号连线连接无误后，方可开机，开机顺序是：试验机→打印机→计算机。当旋动电源旋钮到"ON"位置时，电源指示灯点亮，系统通电。

注意，主机和计算机的开机顺序会影响计算机的串口通信初始化设置，所以务必严格按照上述开机顺序进行。每次开机后要预热 10min，待系统稳定后，才可进行试验工作；如果刚刚关机，需要再开机，应至少保证 1min 的间隔时间。

2. 关机操作

在结束试验工作后，即可按如下顺序关机：试验机→打印机→计算机。当旋动电源旋钮到"OFF"位置时，电源指示灯熄灭，系统断电。

3. 手动控制盒

CTT500 微机控制扭转试验机手动控制盒如图 2 - 11 所示。

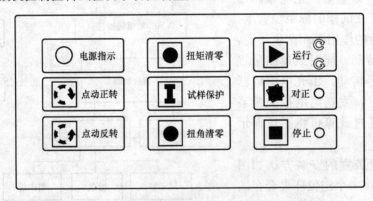

图 2 - 11　CTT500 微机控制扭转试验机手动控制盒

电源指示灯（红色）：用来指示系统的供电情况。

点动正转按键：仅用于在安装和调试时控制主动夹头点动（顺时针）旋转，使其与从动夹头对正，按下该键机器动作，同时顺时旋转指示灯亮，松开即停，同时顺时旋转指示灯熄灭。

点动反转按键：仅用于在安装和调试时控制主动夹头点动（逆时针）旋转，使其与从动夹头对正，按下该键机器动作，同时逆时旋转指示灯亮，松开即停，同时逆时旋转指示灯熄灭。

扭矩清零按键：用于使扭矩测量值处于相对零位。

试样保护按键：用于在装夹试样过程中，消除试样的夹持预负荷，按下按键，机器自动处于试样保护状态，试样的夹持预负荷保持为零。注意，如果按下试样保护键，请等待计算机屏幕的提示消失后方可进行其他操作。

扭转角清零按键：用于使扭转角测量值处于相对零位。

运行按键：用于当各项试验预备工作完毕后，按下该键进入试验运行状态。按键旁有两个正、反转指示灯（绿色），分别显示机器施加力矩的方向。

对正按键：用于当一次试验完毕后，使主动夹头自动返回与从动夹头对正的初始位置，便开始进行下一次试验。按下该键开始对正，同时指示灯点亮；对正结束，指示灯熄灭。注意，如果在试验完毕后按下该键，请务必等待按键右侧的红色指示灯熄火后方可进行其他的操作。

停止按键：试验运行过程中，停止试验。按下该键指示灯（红色）亮。

4. 急停开关

设备的操作键盘的右下侧设有急停开关，当设备失控或出现其他紧急情况时，可快速按下急停开关，以防损坏设备，此时电源指示灯将熄灭。顺时针转动急停开关，将解除急停状态，此时电源指示灯亮，主机恢复正常工作状态。但从急停状态到解除急停状态，其时间间隔不应少于 1min。

2.5 刻 线 机

一、刻线机的用途

刻线机是用来刻划拉伸圆试样的圆周线的。一般可将标距长度为 100mm 的标准试样刻成 10 等份，如图 2-12 所示。在做拉伸实验的过程中，可以通过等分格长度的变化情况，观察材料的塑性变形情况，测定材料的延伸率（具体可参照拉伸实验的相关内容）。

二、结构

图 2-13 所示为 KJ-20 型刻线机，由摇把、顶锥、刻刀、垫圈、紧定螺钉、刀架、压柄、推拉柄、滑块、齿条等组成，该刻线机可刻试样的全长范围是 160～200mm，对需要刻线的不同长度的试件，可通过增减顶尖杆上的垫圈数目，完成夹持和刻线。例如，对标距 $L=100mm$ 的试件，刻线间隔可选 10mm；对标距 $L=80mm$ 的试件，刻线间隔可选 8mm。

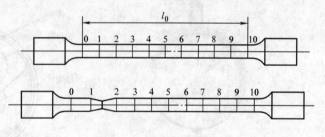

图 2-12 试件刻线情况

图 2-13 KJ-20 型刻线机

三、操作方法

（1）拉动右边顶锥，装上试样。

（2）调好刻刀角度，使刀刃能压在试样的适当位置上。

（3）调整刀架下端紧定螺钉，可使刻出的标距线位于试样中部，且对称分布。

（4）右手同时握在推拉柄及压柄上，压握压柄使定位卡离开齿条，对准齿条上面的定位齿，松开压柄使定位卡卡正齿条齿，放下刀架，使刀刃压在试样上。注意，推拉滑块时，刀架必须抬起，使刀刃离开试样。

（5）左手顺时针摇动摇柄一周，即可在试样上刻划出一圆周线痕印。

（6）重复上述过程，即可划出全部圆周线。

2.6　千分表及百分表

一、千分表及百分表

千分表利用齿轮放大原理制成，如图 2-14 所示，主要用于测量位移。工作时将千分表细轴的触头紧靠在被测量的物体上，物体的变形将引起触头的上下移动，细轴上的平齿便推动小齿轮及和它同轴的大齿轮共同转动，大齿轮带动指针齿轮，于是大指针随之转动。如果大指针在刻度盘上每转动一格表示触头的位移为 1/1000mm，则放大倍数为 1000，称为千分表；若大指针每转动一格表示触头的位移为 1/100mm，则称为百分表。大指针转动的圈数可由量程指针予以记忆。百分表的量程一般为 5～10mm，千分表则为 3mm 左右。

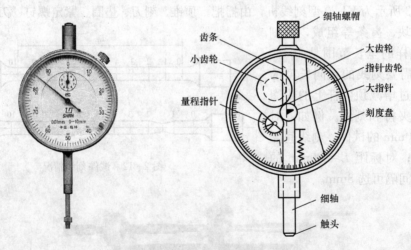

图 2-14　千分表

安装千分表时，应使细轴的方向（亦即触头的位移方向）与被测点的位移方向一致；对细轴应选取适当的预压缩量。测量前可转动刻度盘使指针对准零点。

二、双表引伸仪（蝶式引伸仪）

在双表引伸仪的变形传递架的左、右两部分上，各有一个标杆，标杆上各有一个上刀口，如图 2-15 所示。传递架的左、右两部分上还各自装有一个活动的下刀口。下刀口实际上是杠杆的一端，杠杆的支点在中点位置，另一端则与千分表（或百分表）的触头接触。上刀口由夹紧架弹簧、下刀口由传递架上的弹簧安装在试样上，上、下刀口间的距离即为标距。试样变形时上刀口不动，下刀口绕杠杆支点转动，因而杠杆的另一端推动千分表。由于支点在杠杆的中点，因此千分表触头的位移与下刀口的位移相等。

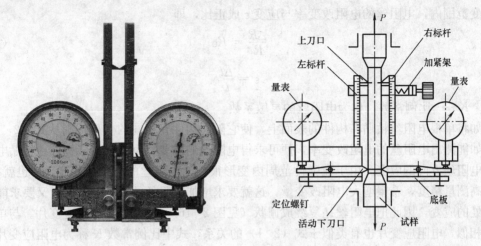

图2-15　双表引伸仪

通过改变上刀口在标杆上的位置就可得到不同的标距。按照国家标准的规定，一般取50mm和100mm两种标距。

安装双表引伸仪的注意事项：

（1）选定标距，检查标杆和标杆上上刀口的紧固螺钉是否拧紧，两个上刀口是否对齐。

（2）给两个千分表一定的预压缩量，最好使两者的预压缩量相等。

（3）引伸仪安装在试样上时，上、下四个刀口的四个接触点与试样轴线应大致在同一平面内。测量前可调整千分表的指针指在零点。

2.7 传感器介绍

一、基本原理

为了提高测量精度，特别是便于显示和连续记录试验过程，各种负荷与变形传感器大量涌现。它们的作用是把所感受到的试样负荷与变形转换为电量，输送到有关仪器上显示或记录。

传感器的型号和种类很多，工作原理不尽相同，主要分为以下五种。

（1）应变传感器，如电阻应变片。

（2）力传感器，如荷载传感器和拉、压力传感器。

（3）位移传感器，如引伸仪。

（4）扭矩传感器，如测扭应变片。

（5）振动传感器，如加速度传感器。

二、电阻应变片

电阻应变片能适应高温、低温、高液压、远距离等各种环境下的测量。它不仅能传感静载下的应变，也能传感频率从零到几万赫的动载下的应变。由于上述优点，电阻应变片已广泛应用于力传感器和位移传感器中。

在试验中金属电阻丝在承受拉伸或压缩变形时，电阻将发生变化。实验结果表明，在一定应变范围内，电阻丝的电阻改变率与应变ε成正比，即

$$\frac{\Delta R}{R} = K\varepsilon \qquad (2-1)$$

$$\varepsilon = \frac{\Delta l}{l}$$

式中 K——比例常数，称为电阻丝的灵敏系数。

如将单根电阻丝粘贴在构件的表面上，使它随同构件有相同的变形，则从式（2-1）看出，如能测出电阻丝的电阻改变率，便可求得电阻丝的应变，也就求得了构件在粘贴电阻丝处沿电阻丝方向的应变。由于在弹性范围内变形很小，电阻丝的电阻改变量 ΔR 也就很小。为提高测量精度，希望增大电阻改变量，这就要求增加电阻丝的长度；但同时又要求能反映一点处的应变，因此把电阻丝往复绕成栅状（见图2-16），这就成为电阻应变片。与单根电阻丝相似，电阻应变片也有类似于式（2-1）的关系，式中比例常数 K 称为电阻应变片的灵敏系数，它是电阻应变片的重要技术参数。实际使用的应变片，把由电阻丝往复绕成的敏感栅用黏结剂固定在绝缘基底上，两端加焊引出线，并加盖覆盖层。电阻应变片的灵敏系数 K 不但与电阻丝的材料有关，还与电阻丝的往复回绕形状、基底、黏结层等因素有关。K 的数值一般由制造厂用实验的方法测定，并在成品上标明。

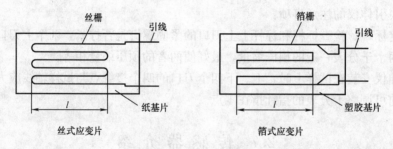

图 2-16 电阻应变片

电阻应变片（简称为应变片）有多种形式，常温应变片有丝绕式应变片、箔式应变片、半导体应变片等。丝绕式应变片一般采用直径为 0.02～0.05mm 的镍铬或镍铜（也称康铜）合金丝绕成栅式，基底和覆盖层用绝缘薄纸或胶膜，引出线为 0.15～0.18mm 左右的镀银铜线，以便焊接导线。这种应变片的栅长难以做得很小，但价格便宜，使用颇广。箔式应变片用厚为 0.003～0.01mm 的康铜或镍铬箔片涂以底胶，利用光刻技术腐蚀成栅状，再焊上引出线涂上覆盖层。目前由于腐蚀技术的发展，能精确地保证箔栅的尺寸，可制成各种形状，且散热面积大，可通过较大电流，基底有良好的化学稳定性和绝缘性，适宜于长期测量和高压液下测量，功能稳定可靠，可作为传感器的敏感元件。应变片的基本参数为：标距、宽度、灵敏系数 K 和电阻值 R。

此外，还有多种专用应变片，如高温应变片、残余应力应变片、应变花等。

三、载荷传感器（测力传感器）

载荷传感器是把载荷量转变为电量来进行测量的转换器件，用以提高测量灵敏度且便于

指示和记录，应用于力和重量的快速、连续、自动和远距离的计量工作。测力传感器有拉力传感器、压力传感器、拉—压传感器等多种形式。传感器的测力范围要根据测试要求做具体设计。测力传感器一般都有很高精度，误差在 $0.02\%\sim0.1\%$ 之间。传感器采用由应变片与弹性体组成的整体结构，在外力作用下输出与外力成正比的电压信号。

使用载荷传感器时应注意以下两点：

（1）引线有 $4\sim5$ 条，其中有一条为屏蔽线，其余为电桥引出线。

（2）电源电压不应超过 12V。

通常使用的载荷传感器，其外形和构造原理如图 2-17 所示。在具有良好的线性应力—应变关系的金属圆筒上，贴一组电阻应变片，并连接成适当电桥。使用时，传感器受载荷作用而产生变形，由电阻应变片通过电桥电路把载荷量转变为电量，由仪器（应变仪或微机）显示出来，并可以进行记录。载荷传感器可以根据工作环境的需要制作成多种大小不同的形式，但需用万能试验机等标准测力器进行标定，其误差一般要求不大于 1%，应定期进行标定，以保证测量的准确度。

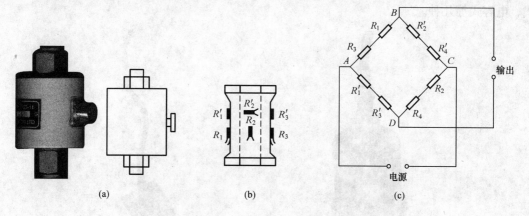

图 2-17 载荷传感器

（a）外形；（b）应变片布置；（c）电桥的连接

四、电子引伸计（位移传感器）

常用的位移传感器有夹式引伸计和差动变压器两种。在材料力学实验中，进行弹性范围内的力学性能测试，被测试样在载荷作用下的变形量往往很小。这就需要利用精度高、放大倍数足够大的仪表进行测量，这种用来测量微小变形或位移的仪器称为引伸计。

引伸计的种类很多，有光学式引伸计，机械式引伸计及电阻应变式引伸计。这里，只介绍电阻应变式引伸计（即电子引伸计）。

电阻应变式引伸计有两种：弓形式引伸计和夹式引伸计。

图 2-18 所示为拉伸实验中测量伸长变形用的弓形式引伸计。两个刚性支腿 1 的一端具有刀口 4，另一端固接于薄弹簧片 2 的两端，弹簧片的两侧贴有应变片 3，5 为外壳。使用时，用弹簧卡子（图中未示出）或橡皮筋按一定标距将引伸计固定于试件上。当试件受力伸长时，两个刚性支腿上刀口之间的距离发生变化，薄弹簧片 2 随之发生变形，就可以通过薄弹簧片上的应变片，间接测量出试件在引伸计标距内的变形。

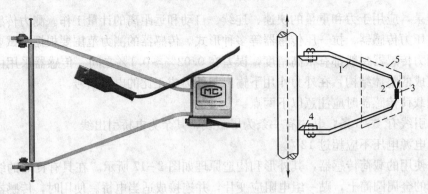

图 2-18　弓形式引伸计示意图

五、测振传感器

测振传感器通常测量振动时的加速度，而位移、速度可由模拟计算得到。测量加速度的传感器称为加速度传感器，如图 2-19 所示。加速度传感器可分为应变片式、压阻式、压电式、电容式等几种。

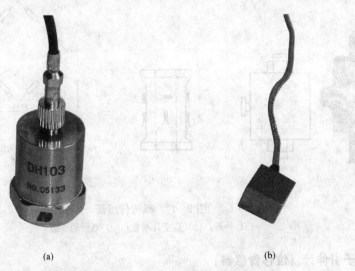

(a)　　　　　　　　　　　　　　　(b)

图 2-19　加速度传感器
(a) 压电式加速度传感器；(b) 压阻式加速度传感器

2.8　数 据 采 集 系 统

一、数据采集系统的组成

数据采集系统可以对大量的数据进行快速采集、处理、分析、判断、报警、直读、绘图、储存、试验控制、人机对话等，还可以进行自动化数据采集和试验控制。数据采集系统由传感器、数据采集和计算机三部分组成。

传感器部分前面已作介绍，其作用是感受各种物理变量，并将其转变为电信号输出。通常情况下，传感器输出的信号可直接输入到数据采集设备。特殊情况下，如信号不能满足要求时需经过放大器进行放大处理。

数据采集部分有：①与各种传感器相对应的接线模块和多路开关（见图2-20），其作用是与传感器连接，并对各个传感器进行扫描采集；②A/D转换器，对扫描得到的模拟量进行转换，转换为数值量。

图2-20　DH5922数据采集系统

计算机部分有主机、显示器、存储器、打印机、绘图仪和键盘。其中主机按照事先设置的指令或计算机发出的指令来控制整个数据采集仪，进行数据采集、处理；存储器用来存放指令、数据等。

数据采集系统分类如下：①大型专用系统，将采集、分析与处理等诸多功能合为一体；②分散式系统，由智能化前端机、主控计算机或微机系统、数据通信及接口等组成；③小型专用系统，以单片机为核心，具有小型、便携、用途单一、操作简单、价格低等特点，适用于现场试验时的测量；④组合式系统，以数据采集仪和微机为中心，按试验要求进行配置组合而成的系统，具有适用性广、价格低的特点。

二、数据采集的过程

数据采集的流程如图2-21所示。数据采集过程的原始数据是反映试件状态的物理量如力、线位移、角位移和应变等，这些物理量通过传感器转换为电信号，再通过数据采集仪进行扫描采集，然后经过A/D转换，变成数值量，通过系统换算变成代表原始物理量的数值，并将这些数据打印输出或存储起来，通过接口数据进入计算机，最后计算机再对这些数据进行处理、存入数据文件、打印输出或屏幕显示。

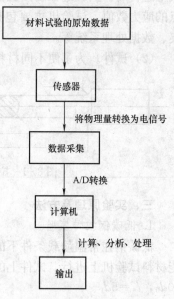

图2-21　数据采集流程

第3章 基 本 实 验

3.1 金属材料的拉伸实验

微机控制电子万能试验机能够完成材料的拉压、剪切、弯曲等试验，可以精确测定材料的比例极限、弹性极限、屈服极限、强度极限及弹性模量、泊松比等性能参数，这些性能指标是进行机械设计和工程设计的基本参数及重要依据。微机控制电子万能试验机控制灵活，操作方便，后处理能力强，为各种新型材料、复合材料力学性能的测定提供了很大的方便。

一、实验目的

(1) 了解微机控制电子万能试验机的构造工作原理及操作方法。

(2) 熟悉低碳钢与灰铸铁在拉伸时的力学性能。

(3) 通过实验，观察低碳钢和铸铁拉伸破坏的现象，并进行比较。

(4) 比较并分析低碳钢和铸铁拉伸时的力学性能特点与断口破坏特征。

二、实验设备和试件

(1) 微机控制电子万能试验机。拉伸实验是在微机控制电子万能试验机或液压万能试验机上进行的。实验过程由微机自动记录，实时显示出应力、应变曲线图，并测得拉伸时特征点的应力数值。试验机主要包括加载部分、传动系统、负荷测量装置、控制部分、数据采集、数据处理系统等。

(2) 试件。为了使不同材料的实验结果能互相比较，对于试件的尺寸和形状，国家都有统一的规定（详见 GB/T 228—2002）。如图 3-1 所示，拉伸试样是由夹持、过渡和平行三部分构成。

图 3-1 拉伸试件

(3) 游标卡尺。

(4) 试样划线器（刻线机）。

三、实验原理及方法

1. 低碳钢拉伸实验

低碳钢在常温静载条件下的拉伸实验按《金属拉伸试验方法》（GB/T 228—2002）在万能材料试验机上进行。试件上的标距为 l_0，圆形试件标距 l_0 与直径 d_0 有两种比例，即 $l_0 = 10d_0$，$l_0 = 5d_0$。

试件装在试验机上，对试件缓慢加拉力 F_P（加载速度对试件的力学性能有影响，速度加快时，所测的强度值就会偏高），对应着每一个拉力 F_P，试件标距 l_0 内产生一个伸长量 Δl_0，把表示 F_P 和 Δl 关系的曲线称为拉伸图或 F_P-Δl 曲线，如图 3-2（a）所示。由于 F_P-Δl 曲线与试件的尺寸有关，为了消除试件尺寸的影响，用拉力 F_P 除以试件横截面的原始面积 A_0，得出的正应力 $\sigma = \dfrac{F_P}{A_0}$ 为纵坐标；用伸长量 Δl 除以标距的原始长度 l_0，得出的应变 $\varepsilon = \dfrac{\Delta l}{l_0}$ 为

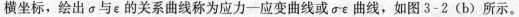

横坐标，绘出 σ 与 ε 的关系曲线称为应力—应变曲线或 σ-ε 曲线，如图 3-2（b）所示。

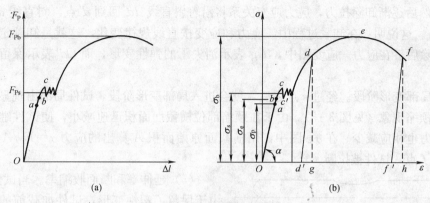

图 3-2 低碳钢拉伸曲线
（a）轴力—位移曲线；（b）应力—应变曲线

由图 3-2 可以看出低碳钢拉伸时的力学性能如下。

（1）弹性阶段。由斜直线 Oa 和很短的微弯曲线 ab 组成。斜直线 Oa 表示应力和应变成正比关系，即 $\sigma\propto\varepsilon$，直线的斜率即为材料的弹性模量 E（材料的弹性模量 E 的测定可参照有关章节），写成等式即 $\sigma=E\varepsilon$，就是拉伸或压缩的胡克定律。与 a 点对应的应力 σ_p 为称为比例极限。显然，只有应力低于比例极限时，应力才与应变成正比，材料才服从胡克定律。这时，称材料是线弹性的。

对于微弯曲线段 ab，应力和应变之间不再服从线性关系，但解除拉力后变形仍可完全消失，这种变形称为弹性变形，b 点对应的应力 σ_e 是材料只出现弹性变形的极限值，称为弹性极限。由于 ab 阶段很短，σ_e 和 σ_p 相差很小，通常并不严格区分。

当应力大于弹性极限后，如再解除拉力，则试件产生的变形会有一部分消失，这就是上面提到的弹性变形。但还遗留下一部分不能消失的变形，这种变形称为塑性变形或残余变形。

（2）屈服（流动）阶段。当应力超过 b 点增加到 c 点之后，应变有非常明显的增加，而应力先是下降，然后作微小的波动，在 σ-ε 曲线上出现接近于水平线的小锯齿形线段。这种应力基本保持不变，而应变显著增加的现象，称为屈服或流动。在屈服阶段内的最高应力（c 点）和最低应力（c' 点）分别称为上屈服极限和下屈服极限。上屈服极限的数值与试件形状、加载速度等因素有关，一般是不稳定的。而下屈服极限则相对较为稳定，能够反映材料的性质，因此通常就把下屈服极限称为屈服极限或屈服点，用 σ_s 来表示。对于粗糙度值很低的表面光滑试件，屈服之后在试件表面上隐约可见与轴线成 45° 的滑移线。

材料屈服表现为显著的塑性变形，而零件的塑性变形将会影响机器的正常工作，所以屈服极限 σ_s 是衡量材料强度的重要指标。

（3）强化阶段。过了屈服阶段后，材料又恢复了抵抗变形的能力，要使它继续变形必须再增加拉力，这种现象称为材料的强化。如图 3-2（b）所示，强化阶段中的最高点 e 所对应的应力 σ_b 是材料所能承受的最大应力，称为材料的强度极限或抗拉强度。它是衡量材料强度的另一重要指标。在强化阶段，试件标距长度明显地变长，直径明显地缩小。在上述的实验过程中，如果不是持续将试件拉断，而是加载至超过屈服极限后如到达图 3-2（b）中的 d 点，然后逐渐卸除拉力，应力应变关系将沿着斜直线 dd' 回到 d' 点，斜直线 dd' 近似地平行于 Oa。这说明：在卸载过程中，应力和应变按直线规律变化，这就是卸载定律。当拉力完全卸除后，在应力—应变图中，$d'g$ 表示消失了的弹性变形，而 Od' 表示保留下来的塑性变形。

（4）局部变形阶段。经过 e 点之后，就会进入局部变形阶段，试件局部出现显著变细的现象，即颈缩现象（见图 3-3）。由于在颈缩部位横截面面积迅速减小，使试件继续伸长所需要的拉力也相应减少。在 $\sigma\varepsilon$ 图中，用横截面原始面积 A 算出的应力 $\sigma=F_P/A$ 也随之下降，直到 f 点，试件被拉断。

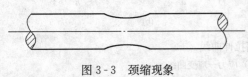

图 3-3 颈缩现象

（5）延伸率和断面收缩率。当试件拉断后，由于保留了塑性变形，试件加载前的标距长度 l_0 拉断后变为 l_1，用百分比表示的比值，称为延伸率。即

$$\delta = \frac{l_1 - l_0}{l_0} \times 100\% \tag{3-1}$$

试件的塑性变形（l_1-l_0）越大，δ 也就越大。因此，延伸率是衡量材料塑性情况的重要指标。低碳钢的延伸率很高，其平均值为 $20\% \sim 30\%$，这说明低碳钢的塑性性能很好。

工程上通常按延伸率的大小把材料分成两大类，把 $\delta > 5\%$ 的材料称为塑性材料，如碳钢、黄铜、铝合金等；而把 $\delta < 5\%$ 的材料称为脆性材料，如铸铁、玻璃、陶瓷等。

原始横截面面积为 A_0 的试件，拉断后颈缩处的最小截面面积变为 A_1，用百分比表示的比值称为断面收缩率，即

$$\varphi = \frac{A_0 - A_1}{A_0} \times 100\% \tag{3-2}$$

式中 φ——衡量材料塑性的指标。

综上所述，衡量材料力学性能的指标主要有：比例极限 σ_p（或弹性极限 σ_e）、屈服极限 σ_s、强度极限 σ_b、弹性模量 E、延伸率 δ、断面收缩率 φ 等。对很多金属来说，这些量的大小往往受温度、热处理等条件的影响。

2. 铸铁拉伸实验

铸铁也是工程中广泛应用的材料之一，拉伸时的应力应变关系是一条微弯曲线。如图 3-4 所示，与低碳钢拉伸曲线相比，铸铁拉伸曲线没有直线区段，没有屈服和颈缩现象，试件断口平齐、粗糙，拉断前的应变很小，延伸率也很小，几乎没有塑性变形，所以只能测得拉伸时的强度极限 σ_b（拉断时的最大应力）。铸铁是典型的脆性材料，由于没有屈服现象，强度极限 σ_b 是衡量铸铁材料性能的唯一指标。

由于铸铁 $\sigma\varepsilon$ 图是一微弯的曲线，弹性模量 E 的数值随应力的大小而变。但在工程中铸铁的拉应力不能太高，

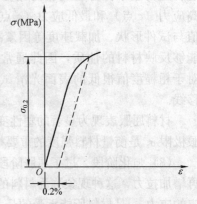

图 3-4 铸铁拉伸曲线

而在较低的拉应力下，则可近似认为服从胡克定律。通常取 σ-ε 曲线的割线代替曲线的开始部分，并以割线的斜率作为弹性模量，称为割线弹性模量。由于铸铁等脆性材料的抗拉强度较低，所以不宜作为受拉构件。

四、实验步骤

实验准备→开机→设置数据→安装试件→安全检查→开始实验→观察过程→实验结束→数据处理→实验报告→关机。

(1) 精确测量试件尺寸。在标距 l_0 内分上、中、下三个截面测量直径。分别在每个截面相互垂直的方向各测一次，取其平均值。以测得最小平均值计算试件的横截面积。

(2) 将试件安装到试验机上并用卡紧装置将其卡紧。注意，在使用上夹头将试样夹住之后，应将软件中负荷窗口中的负荷清零，然后再用下夹具将试样的下端夹好，并尽量使试件的初始受力接近于零，此时不用再清零。装卡试件时，被夹持部分不应少于夹持端长度的四分之三。

(3) 根据实际情况设置好限位装置。

(4) 输入试验参数。

(5) 试验方案（此试验方案设定方法适用于 CMT2502 试验机，对于 CMT5305 试验机，可直接选择软件试验方案列表里的"金属拉伸试验方法"，省去"试验方案""参数向导"的设置）。

第一步：①试验方案名（金属拉伸）；②方向选择（拉向）。

第二步：试验入口负荷，设"10N"。

第三步：速度设置，设"2～4mm/min"（根据试验标准确定），注意，在试验进入强化阶段后，可适当提高加载速度。

第四步：①起始判断点，设"100"；②试验结束时负荷，设"10N"；③停机条件，定负荷设"290 000N"，定变形不设，负荷衰减率设"40％"，三种停机条件是"或"的关系，满足任何一个条件都会停机，但一定要打对勾选上才有效！拉伸时不设返车。一般将停机条件设为"负荷衰减率40％"。

(6) 参数向导。

第一步：①试验方案名选"金属拉伸"；②试验处理方法选"GB/T 228—2002 金属拉伸"。

第二步：①试样形状选"棒材"；②显示结果，把想看的结果从左框中选到右边。

第三步：添加用户自定义，可以新添加如"生产单位"，但默认的定义不可以删除，否则试验会出错。

(7) 在开始做试验时，应将位移清零，然后检查已设置好的试验方案是否正确，再点击"运行"键；试验过程中，应注意，不能随意加速，尤其在试验的弹性段和屈服段。

(8) 对拉断的试件进行测量，将数据输入到试验结果内，再点击"确定"。

(9) 试验结束后，使用数据处理窗口对用户所做试验进行分析和打印。包括试验曲线的分析，多根试验曲线的重叠分析和比较，以观察试验的稳定性与重复性。

(10) 从试验机上取下试样，在试样断口处两个相互垂直的方向量取直径，并取其平均值 d_1 作为试样断后的直径值，并记录该数据。把低碳钢拉伸试件两端断口对正密合起来，量取试件断后的标距线之间的长度记为 l_1。如果断口发生在 l_0 的两端或在 l_0 之外，则试验无效，

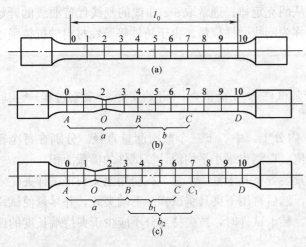

图 3-5　l_1 的计算方法示意图

必须重做。注意：若断口距 l_0 的一端距离小于或等于 $l_0/3$，如图 3-5 所示，则按下述断口移中法测定 l_1。在拉断后的长度上，由断口处取约等于短段格数得 B 点，若剩余格数为偶数，如图 3-5（b）所示，则取剩余长度的一半为 C 点，设 AB 长为 a，BC 长为 b，那么 $l_1 = a + 2b$。倘若试件拉断长度上剩余的格数为奇数，如图 3-5（c）所示，此时取剩余格数减 1 后的一半记为 C 点，往右加 1 格处记为 C_1 点，设 AB、BC 和 BC_1 的长度分别为 a、b_1 和 b_2，则 $l_1 = a + b_1 + b_2$。

（11）关机：试验机→打印机→计算机。

（12）整理实验现场。

五、液压夹头的操作

（1）给液压站通电，打开液压站开关。

（2）按操作盒上的高压按钮，压力表数值显示，一般在 10MPa 左右。

（3）按操作盒上的夹紧、松开按钮，观察夹头是否运行正常。

（4）将试件夹持到液压夹头中，并用卡紧装置将其卡紧。

六、实验的要点及注意事项

（1）夹持试件时务必要注意安全。

（2）认真仔细的操作设备，防止传感器的意外损坏。

（3）低碳钢试件在强化阶段要经历较长时间，必要时可适当调整加载速度。

（4）仔细观察低碳钢在拉伸时的四个阶段。

（5）注意低碳钢与灰铸铁拉伸强度的明显区别。

3.2 金 属 压 缩 实 验

一、实验目的

（1）了解微机控制电子万能试验机的构造、工作原理及操作。

（2）了解材料压缩时的力学性能。

（3）观察低碳钢和铸铁压缩时的现象。

（4）比较并分析低碳钢和铸铁压缩时的力学性能特点与断口破坏特征。

二、实验设备和试件

（1）微机控制电子万能试验机。

（2）试件：低碳钢和铸铁标准压缩试样。

（3）游标卡尺。

三、实验原理及方法

压缩试验也是考察材料力学性质的基本实验之一。金属的压缩试件一般制成很短的圆柱，以免被压弯。按试验规范 GB/T 7314—2005 要求，一般试件的长度是直径的 1.5～3 倍。为了比较低碳钢和铸铁拉伸与压缩时的力学性质的异同，将 $\sigma\varepsilon$ 曲线画在同一个坐标内。

图 3-6 所示为低碳钢压缩与拉伸时的应力—应变曲线，从图中看出，低碳钢拉伸与压缩时的弹性模量 E 和屈服极限 σ_s 相同。经过屈服阶段以后，低碳钢压缩试件会被越压越扁，横截面积不断增大，试件抗压能力也会继续提高，因而得不到压缩时的强度极限。

图 3-7 所示为铸铁压缩与拉伸时的应力—应变曲线。铸铁是一种典型的脆性材料，压缩时的力学性质与拉伸时有较大差异，从图 3-7 可看出，铸铁材料在拉伸与压缩时的弹性模量基本相同，但压缩时的强度极限 σ_b 是拉伸时的 4～5 倍，试件在变形不大的情形下突然破坏，破坏断面的法线与轴线约成 45°～55°的倾角，表明试件沿斜截面因相对错动而破坏。

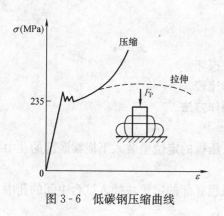

图 3-6   低碳钢压缩曲线   图 3-7   铸铁压缩曲线

四、实验步骤

实验准备→开机→设置数据→安装附件→试验采样→数据处理→实验报告→关机。

（1）精确测量试件尺寸。对截面的直径进行测量，在相互垂直的方向各测一次，取其平均值。然后对试件的高度进行测量，将以上数值据输入到计算机内，作为试件的原始尺寸。

（2）将试件安装到试验机上，此时应将软件中负荷窗口中的负荷清零。

（3）根据实际情况设置好限位装置。

（4）输入试验参数。

（5）试验方案。此试验方案设置适用于 CMT2502 试验机，而对于 CMT5305 试验机，可直接选择软件试验方案列表里的"金属压缩试验方法"，省去"试验方案"和"参数向导"的设置。

第一步：①试验方案名（金属压缩）；②方向选择（选压向）。

第二步：试验入口负荷（设 10N）。

第三步：速度设置（设 2～4mm/min，速度根据标准定）。

第四步：①起始判断点（设 50）；②试验结束时负荷（设 10N）；③停机条件（定负荷设 290 000N；定变形不设；负荷衰减率设 40%）。三种停机条件是"或"的关系，满足任何一个条件都会停机，但一定要打对勾选才有效。压缩时设返车（100mm/min）。

（6）参数向导（适用于 CMT2502 试验机）。

第一步：①试验方案名选金属压缩；②试验处理方法选 GB/T 7314—2005 金属压缩。

第二步：①试样形状选棒材；②显示结果（把想看的结果从左框中选到右边）。

第三步：添加用户自定义。可以新添加如"生产单位"，但默认的定义不可以删除，否则实验会出错。

（7）在开始做试验时，检查已设置好的试验方案，是否正确，再点击"运行"键；试验过程中，应注意，不能随意加速，尤其在试验的弹性段和屈服段。

（8）对试验后的试件进行测量，将数据输入到试验结果内，再点击"确定"。

（9）试验结束后，使用数据处理窗口对用户所做试验进行分析和打印。包括试验曲线的分析，多根试验曲线的重叠分析和比较，以观察客户试验的稳定性与重复性。

（10）关机：试验机→打印机→计算机。

五、实验的要点及注意事项

（1）夹持试件时务必要注意安全。

（2）认真仔细的操作设备，防止传感器的意外损坏。

（3）注意观察压缩屈服点，并与拉伸屈服点作比较。

六、用微机液压万能试验机作压缩实验时的操作方法

1. 压缩夹具的装夹

（1）压缩夹具分为上压板和下压板。把连接上压板的定位销装入下横梁底部的孔中（通常情况下不拆下、上压板），用顶丝固定。

（2）下压板实为自动调心的球面压板，把下压板底部的定位块插入试台中间的孔中。

2. 试验步骤

（1）准备好试件，选好试验方案。

（2）根据试样的尺寸调整压缩空间，使试样离上压板空隙距离 20mm 以上。

（3）转换开关保持在"油缸"挡，顺时针旋转手动阀手轮，使活塞上升，当试样与上压板快接近时，手动阀手轮逆时针回退一点，使活位置基本保持静止，传感器示值窗口清零，点击实验窗口的"运行"按钮。

（4）顺时针旋转手动阀手轮进行加荷，直到试验结束。加载速度可在软件的速度窗口进行调节。

（5）逆时针旋转手动阀，使油缸活塞退回到底，取下试样。

3. 注意事项

（1）下压板上有若干圈刻度线，试样应放在下压板的中间位置，可以按刻度线调整，以确保试验精度。

（2）在做压缩试验时，确保下压板底部的定位块完全进入试验台中间的孔中，避免在试验台上直接压缩而造成试验台的变形甚至损坏。

3.3 金属弹性模量测定实验

一、实验目的

(1) 进一步熟悉微机控制电子万能试验机的工作原理及操作。

(2) 了解材料拉压时弹性模量的测定。

(3) 了解引伸计的原理及使用方法。

二、实验设备和仪器

(1) 微机控制电子万能试验机。

(2) 仪器：引伸计，游标卡尺。

三、实验原理及方法

测定钢材的弹性模量时，一般采用在比例极限内的拉伸实验。在线弹性范围内轴向受力、等直杆的胡克定律为

$$\Delta L = \frac{F_P L_0}{E A_0} \tag{3-3}$$

为了验证力与变形的关系，一般采用增量法，逐级加载，而不是一次就将荷载加到最终值。每次加相同的拉力 ΔF_P，相应地由引伸仪测出的伸长增加量大致相等，这样就验证了胡克定律的正确性。

试件的截面积为 A_0，引伸仪标距为 L_0，取各次伸长增加量的平均值 $\Delta(\Delta l)$，则由胡克定律关系式即可算出弹性模量为

$$E = \frac{\Delta F_P L_0}{\Delta(\Delta L) A_0} \tag{3-4}$$

利用增量法进行试验时还能判断试验有无错误，因为若发现各次测出的伸长增加量不按一定规律变化，则说明实验工作有问题，应进行检查。

在使用微机控制电子万能材料试验机（需加引伸计）测量弹性模量时，通过应力—应变曲线的斜率，微机可以自动计算出弹性模量 E 的数值。

四、实验步骤

实验准备→开机→设置数据→安装附件→试验采样→数据处理→实验报告→关机。

(1) 精确测量试件尺寸，在标距 l_0 内分上、中、下三个截面测量直径，每个截面在相互垂直的方向各测一次，取其平均值。以测得的上、中、下三个截面中最小的一个直径平均值计算试件的横截面积。

(2) 将试件安装到试验机上并用卡紧装置将其卡紧。注意，在使用上夹头将试样夹住之后，应将软件中负荷窗口中的负荷清零，然后再用下夹头试样的下端夹好，此时不用再清零。

(3) 将引伸计安装到试件上并固定好。

(4) 根据实际情况设置好限位装置。

(5) 输入试验参数并选择试验方案。对于 CMT5305 试验机务必要选择软件试验方案列表里的"金属室温拉伸试验"方案。

(6) 在开始做试验时，应将位移清零，然后检查已设置好的试验方案是否正确，再点击"运行"键；试验过程中，应注意，不能随意加速，尤其在试验的弹性段和屈服段。

（7）当材料达到屈服极限，到了引伸计切换点时，将其卸下，再继续试验。

（8）试验结束后，使用数据处理窗口对用户所做试验进行分析和打印。包括试验曲线的分析以及多根试验曲线的重叠分析和比较，以观察试验的稳定性与重复性。

（9）关机：试验机→打印机→计算机。

注意，在装夹电子引伸计时，将电子引伸计轻轻拿起，把标距杆垫片卡在力臂与标距杆之间，压紧两力臂，使两刀刃垂直接触试样，用弹簧或橡皮筋将引伸计绑在试样上。装好后取出标距杆垫片，使力臂与标距杆之间保持 0.5mm 的间隙，并保证上下两个刃口与试样垂直，手拿两个测量臂但不要捏得太紧，以防两个测量臂产生弹性变形，当手松开时，两臂又弹回，致使初始变形时无读数。另外，还要保护好电子引伸计，不要摔碰，保持刃口锋利，标距杆两端的螺钉不要取下，以防两臂开度无限制张开，造成应变片及弹簧片永久变形，导致电子引伸计损坏。

五、实验的要点及注意事项

（1）夹持试件时务必要注意安全。

（2）认真仔细的操作设备，防止传感器的意外损坏。

（3）必须在试件一旦达到屈服时，把电子引伸仪取下，否则会被损坏。

3.4　金属扭转实验

一、实验目的

（1）了解微机控制扭转试验机的工作原理及操作。

（2）了解材料扭转时的力学性能。

（3）观察低碳钢和铸铁的变形现象。

（4）观察低碳钢和铸铁扭转时的破坏现象及破坏形式。

（5）测定低碳钢的剪切屈服极限 τ_s 和剪切强度极限 τ_b。

（6）测定铸铁的剪切强度极限 τ_b。

二、实验设备和试件

（1）微机控制扭转试验机。

（2）游标卡尺。

（3）扭转试件：选用 GB/T 10128—2007 标准试件。

三、实验原理

工程实际中，有很多构件，如各种机器的轴类零件、弹簧、钻杆等都承受扭转变形。材料在扭转变形下的力学性能，如切变模量 G、剪切屈服极限 τ_s、剪切强度极限 τ_b 等，都是进行扭转强度和刚度计算的重要依据。此外，由扭转变形得到的纯切应力状态，是除拉伸以外的又一重要应力状态，对研究材料的强度有着重要的意义。

圆柱形试样在扭转时，横截面边缘上任一点处于纯剪切应力状态，如图 3-8 所示。由于纯剪切应力状态是属于二向应力状态，两个主应力的绝对值相等，大小等于横截面上该点处的剪应力，σ 与轴线成 45°角。圆杆扭转时横截面上有最大剪应力，而在 45°斜截面上有最大拉应力，由

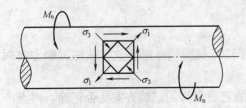

图 3-8　纯剪切应力状态

此可以分析低碳钢和铸铁扭转时的破坏原因。由于低碳钢的抗剪强度低于抗拉强度，试样横截面上的最大剪应力会引起沿横截面剪断破坏；而铸铁抗拉强度低于抗剪强度，试样由与杆轴线成 45° 的斜截面上的 σ_1 引起拉断破坏。

在低碳钢试样受扭过程中，电脑显示屏上得到 T-φ 曲线，如图 3-9 所示。在比例极限内，T 与 φ 成线性关系。截面上剪应力是沿横截面半径线性分布，如图 3-10 (a) 所示。随着 T 的增大，横截面边缘处的剪应力首先达到剪切屈服极限 τ_s，而且塑性区逐渐向圆心扩展，形成环形塑性区，如图 3-10 (b) 所示。但中心部分仍然是弹性的，所以 T 仍可增加，T 与 φ 的关系成曲线，直到整个截面几乎都是塑性区，如图 3-10 (c) 所示。在 T-φ 曲线上出现屈服平台，相应的扭矩为 T_s。如认为这时整个圆截面皆为塑性区，则 T_s 与 τ_s 的关系为

$$\tau_s = \frac{3}{4} \frac{T_s}{W_p} \tag{3-5}$$

$$W_p = \frac{\pi d^3}{16}$$

式中　W_p——抗扭截面系数。

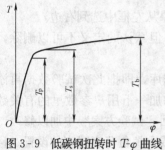

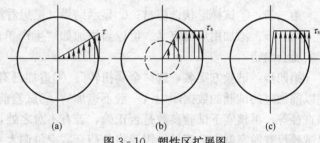

图 3-9　低碳钢扭转时 T-φ 曲线　　　　图 3-10　塑性区扩展图

当经过屈服阶段后，材料的强化使扭矩又有缓慢地上升。但变形非常显著，试样的纵向画线变成螺旋线。直至扭矩达到极限值 T_b 时，试样被扭断。与 T_b 相应的剪切强度极限 τ_b 仍约定由式 (3-5) 计算，即

$$\tau_b = \frac{3}{4} \frac{T_s}{W_p}$$

铸铁材料的 T-φ 曲线如图 3-11 所示，从开始受扭直到破坏，近似为一直线，故近似地按弹性应力计算式计算得

$$\tau_b = \frac{T_b}{W_p}$$

四、实验步骤

实验准备→开机→设置数据→安装附件→试验采样→数据处理→实验报告→关机。

(1) 精确测量试件尺寸。在有效长度内测量上、中、下三个截面的直径，每个截面在相互垂直的方向各测一次，取其平均值，以测得最小的一个直径平均值计算试件的横截面积。

(2) 将试件安装到试验机上并用卡紧装置将其卡紧。注意：在使用夹头将试样一端夹住之后，应将软件中负荷窗口

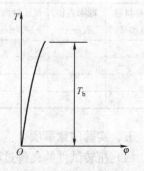

图 3-11　铸铁扭转时 T-φ 曲线

中的负荷清零，然后再用夹具将试样的另一端夹好，此时不用再清零。

（3）设置试验参数。对于 CTT500 扭转试验机，可直接选择软件试验方案列表里的"φ10 扭转试验方法"，省去"试验方案"、"参数向导"的设置。

（4）试验方案。

第一步：①试验方案（选金属扭转）；②方向选择（选正向）。

第二步：试验入口扭矩（设 0.1N·m）。

第三步：速度设置（设 15，速度根据标准定）。

第四步：①起始判断点（设 40），试验结束时去除点数（设 3 点）；②试验结束时的扭矩零点与第二步的入口扭矩一致（也设 0.1N·m）；③停机条件（定扭矩设 480N·m；定变形不设；负荷衰减率设 40%）。三种停机条件是"或"的关系，满足任何一个条件都会停机，但一定要打对勾选上才有效。

（5）参数向导。

第一步：①试验方案名，选"金属扭转"；②试验处理方法，选 GB/T 10128—2007 金属扭转。

第二步：①试样形状选棒材；②显示结果（把想看的结果从左框中选到右边）。

第三步：添加用户自定义。可以新添加如"生产单位"，但默认的定义不可以删除，否者实验会出错。

第四步：试验方案名，选"金属扭转"。①追加已有数据库，即把此次试验数据再添加到以前做过的试验的数据库中（一般不追加）；②试验前再添加一下用户参数里的有关数据如直径等。再核实下试验参数是否正确，若有不对之处，返回"试验方案"中加以修改。如果试验没有做完就自动停机，需要将负荷衰减率再调大一些或去掉负荷衰减率的设置，且试验前一定要扭角清零。

（6）在开始做试验时，应将位移清零，然后检查已设置好的试验方案，是否正确，再点击"运行"键。

（7）记录数据，见数据记录表 3-1。

（8）试验结束后，使用数据处理窗口对用户所做试验进行分析和打印。包括试验曲线的分析以及多根试验曲线的重叠分析和比较，以观察试验的稳定性与重复性。

（9）关机：试验机→打印机→计算机。

（10）整理实验现场。

表 3-1　　　　　　　　　　　扭转实验数据记录表

试样材料及编号	截面直径 d(mm)	抗扭截面模量 W_n(mm³)	屈服扭矩 M_s(N·m)	屈服极限 τ_s(MPa)	最大扭矩 M_b(N·m)	强度极限 τ_b(MPa)	断口破坏形式	备　注

五、实验注意事项

（1）扭转试件的夹持过程比较烦琐，必须做到耐心细致。

（2）低碳钢试件扭转实验周期较长，必要时可调整加载速度。

3.5　低碳钢和铸铁材料抗拉、抗压、抗剪性能
比较分析实验

一、实验类型

本实验为综合性设计性实验。

二、实验目的

(1) 训练灵活运用所掌握的材料力学实验技能和所学过的材料力学理论知识能力。

(2) 熟悉金属材料的各种力学性能。

(3) 对不同金属材料的同一力学性能进行比较和分析。

三、实验任务

(1) 自行设计的实验方案。

(2) 完成相关的基本实验。

(3) 通过实验结果和相关的材料力学理论得出低碳钢和铸铁的抗拉、抗压、抗剪性能关系特点。

四、实验提示

(1) 要熟练掌握轴向拉压时斜截面上的应力分布特点，并对低碳钢和铸铁试件的拉压实验的变形和破坏特点进行具体的分析解释，得出低碳钢试件抗拉抗压性能关系和铸铁试件抗剪能力与抗压能力的关系。

(2) 在熟练掌握二向应力状态分析理论的基础上，联系具体实验过程，重点分析纯剪切应力状态主应力及最大切应力的分布特点。

(3) 运用上述理论对低碳钢和铸铁试件的扭转实验的变形和破坏特点进行分析解释，得出低碳钢的抗拉、抗压与抗剪能力的关系及铸铁的抗剪、抗压与抗拉能力的关系。

(4) 综合以上两部分结论，得出低碳钢和铸铁的抗拉、抗压、抗剪性能关系的最终结论。

五、参考实验过程及实验原理

1. 铸铁压缩实验

图 3-12 所示，实验证明，铸铁在轴向压缩时的破坏面发生在与轴线 45°夹角方向上，根据轴向拉压时斜截面上的应力计算式得

$$\tau_\alpha = 0.5\sigma\sin 2\alpha$$

当 $\alpha = 45°$时，切应力 τ_α 取得极大值 τ_{max}，铸铁属于剪切破坏，而此时，该截面上的切应力在只有与轴线垂直的截面上的压应力 σ 的一半，这说明：铸铁的抗剪能力弱于抗压能力。

2. 铸铁扭转实验

图 3-13 所示，实验证明，铸铁在扭转时的破坏面发生在与轴线 45°夹角的螺旋面上，由纯剪切应力状态理论可知，在与轴线方向±45°夹角及与轴线垂直的三个方向上的拉应力、压应力、切应力都相等，而破坏面发生在

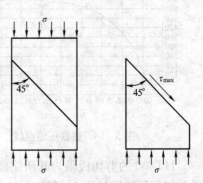

图 3-12　压缩应力状态

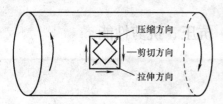

图 3 - 13　扭转应力状态

拉应力方向上。这说明，铸铁的抗拉能力弱于抗剪和抗压能力。

综合以上两点，可以得出结论：铸铁的抗拉能力弱于抗剪能力，而抗剪能又弱于抗压能力。

3. 低碳钢扭转实验

实验证明，低碳钢在扭转时的破坏面发生在与轴线垂直的截面上，而这个方向是由最大切应力引起的剪切变形的方向，而与轴线±45°夹角方向上与切应力大小相等的拉应力和压应力方向并没有发生破坏。这说明，低碳钢的抗剪能力弱于抗拉和抗压能力。

4. 低碳钢拉伸和压缩实验

脆性材料，如铸铁的失效形式是断裂失效，塑性材料，如低碳钢的失效形式是屈服失效，通过实验，如图 3 - 15 和图 3 - 17 所示，会发现低碳钢在拉伸和压缩时的屈服极限都约为 310MPa。这说明，低碳钢的抗拉和抗压能力基本相同。

综合低碳钢扭转实验和拉压实验，可以得出结论：低碳钢的抗剪能力弱于抗拉和抗压能力，而抗拉和抗压能力基本相同。

若选用 HT200 的铸铁试件，Q235 的低碳钢试件，通过实验测得，HT200 抗拉极限约 106MPa，如图 3 - 14 所示；Q235 的拉伸屈服极限约为 310MPa，如图 3 - 15 所示，这说明：低碳钢的抗拉能力强于铸铁。

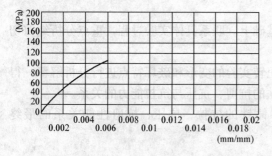

图 3 - 14　铸铁拉伸曲线

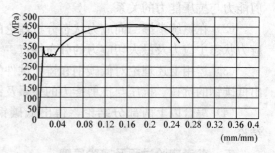

图 3 - 15　低碳钢拉伸曲线

图 3 - 16 所示，HT200 的压缩极限约为 580MPa，Q235 的压缩屈服极限约为 320MPa，如图 3 - 17 所示，这说明：低碳钢的抗压能力弱于铸铁。

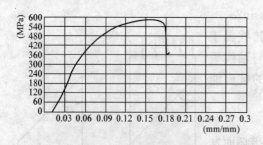

图 3 - 16　铸铁压缩曲线

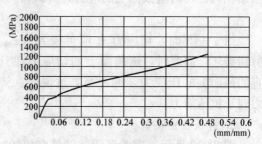

图 3 - 17　低碳钢压缩曲线

HT200 的剪切极限为其压缩极限一半，即，约为 290MPa，而低碳钢通过扭转实验，测得剪切屈服极限约为 180MPa，这说明：低碳钢的抗剪能力弱于铸铁。

至此，通过本综合性设计性实验，得出了低碳钢和铸铁各自的抗拉、抗压、抗剪能力之间的关系，还得出了低碳钢和铸铁之间抗拉、抗压、抗剪能力之间的关系。

六、实验要点与提示

（1）可以直接运用已做过的实验结论。

（2）须在熟练掌握应力状态理论的基础上才能顺利完成本实验。

（3）只有当实验结果与理论知识充分结合才能得出正确结论。

（4）同学们可用焊锡丝或铅丝做塑性材料的扭转和拉伸演示实验，用粉笔（见图 3-18）做脆性材料的扭转和拉伸演示实验，直接手工操作，效果很好，并且非常方便。

图 3-18 粉笔扭断面

3.6 冲 击 实 验

冲击荷载是指荷载在与承载构建接触的瞬时内速度发生急剧变化的情况。汽动凿岩机械、锻造机械等所承受的荷载即为冲击荷载。

冲击荷载作用下，若材料尚处于弹性阶段，其力学性能与静载下基本相同。例如，在这种情况下，钢材的弹性模量 E、泊松比 μ 等都无明显变化。但在冲击荷载作用下材料进入塑性阶段后，其力学性能却与静载下有显著的不同。例如，塑性性能良好的材料，在冲击荷载下，会呈现脆化倾向，发生突然断裂。由于冲击问题的理论分析较为复杂，因而在工程实际中经常以实验手段检验材料的抗冲击性能。

一、实验目的

（1）了解冲击韧性的含义。

（2）测定低碳钢和铸铁的冲击韧性 α_k，比较两种材料的抗冲击能力和破坏断口的形貌。

二、实验设备

（1）冲击试验机。

（2）游标卡尺。

三、冲击试样

韧性 α_k 的数值与试样的尺寸、缺口形状和支承方式有关。为了对实验结果比较，正确地反映材料的冲击性能，GB/T 229—2007 规定的两种形式的试样：一种是 V 形缺口试样，尺寸形状如图 3-19 所示；另一种是 U 形缺口试样，其缺口深度为 2mm 或 5mm，尺寸形状如图 3-20 所示，并且将 V 形缺口试样的冲击韧性记为 α_{kV}，将 U 形缺口试样的冲击韧性记为 α_{kU}。实验时，两者皆为简支梁形式。试样上开有缺口是为了使缺口区形成高度应力集中，吸收较多的能量。缺口底部越尖锐就更能体现这一要求，所以较多地采用 V 形缺口。为保证尺寸准确，缺口的加工应采用铣削或磨削，无平行于缺口轴线的刻痕。

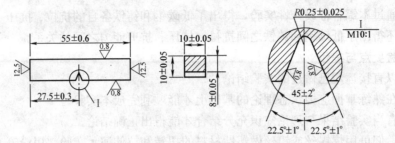

图 3-19　V 形缺口试样

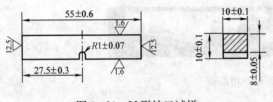

图 3-20　U 形缺口试样

四、实验原理和方法

冲击试验机由摆锤、机身、支座、度盘、指针等几部分组成，如图 3-21 所示。实验时，将带有缺口的受弯试样安放于试验机的支座上，举起摆锤使它自由下落将试样冲断。若摆锤重量为 G，冲击中摆锤的质心高度由 H_0 变为 H_1，势能的变化为 $G(H_0 - H_1)$，它等于冲断试样所消耗的功 W，亦即冲击中试样所吸收的功为

$$A_k = W = G(H_0 - H_1)$$

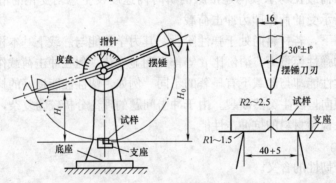

图 3-21　冲击试验机结构

A_k 值可由指针指示的位置从度盘上读出。因为试样缺口处的高度应力集中，能量 A_k 的绝大部分为缺口局部所吸收。以试样在缺口处的最小横截面面积 A_0 除 A_k，定义为材料的冲击韧性 α_k，即

$$\alpha_k = \frac{A_k}{A_0} \tag{3-6}$$

式中　α_k——材料的冲击韧性，J/cm^2。

α_k 的值越大，表明材料的抗冲击性能越好。α_k 值是一个综合性的参数，不能直接应用于设计，但可作为抗冲击构件选择材料的重要指标。因为能量 A_k 是被试样内发生塑性变形的材料吸收的，它应与发生塑性变形的材料的体积有关，而式（3-6）中却是除以缺口处的横截面面积，所以 α_k 的含义并不确切。因此，有时就直接用 A_k 值衡量材料抗冲击的能力，它有较为明显的物理含义。

材料的内部缺陷和晶粒的粗细对 α_k 值有明显影响，因此可用冲击实验来检验材料质量，

判定热加工和热处理工艺的效果。α_k 对温度的变化也很敏感，随着温度的降低，在某一狭窄的温度区间内，低碳钢的 α_k 骤然下降，材料变脆，出现冷脆现象。所以常温冲击实验一般在 20℃±5℃ 的温度下进行。温度不在这个范围内时，应注明实验温度。

需要注意的是，冲击过程所消耗的能量，除大部分为试样断裂所吸收外，还有一小部分消耗于支座振动方面，只因这部分能量相对较小，一般可以忽略。但它却随实验初始能量的增大而加大，故对 α_k 值原本就较小的脆性材料，宜选用冲击能量较小的试验机，如果用大能量的试验机将影响实验结果的真实性。

五、实验步骤

（1）用游标卡尺测量试样缺口底部处的横截面尺寸。

（2）让摆锤自由下垂，使被动指针紧靠主动指针。然后举起摆锤空打，检查指针是否回到零点，否则应进行校正。

（3）按如图 3-22 所示安放试样，使缺口对称面处于支座跨度中点，偏差小于 ±0.2mm。

（4）将摆锤举至所需位置，然后使其下落冲断试样。记录被动指针在度盘上的读数，即为冲断试样所消耗的功。

（5）摆锤下放到铅垂位置，取下试样。

六、注意事项

（1）安装试样前，严禁高抬摆锤。

（2）摆锤抬起后，在摆锤摆动范围内，切忌站人、行走及放置任何障碍物。

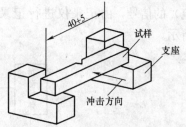

图 3-22　冲击试样安放示意图

七、实验结果处理

（1）根据试样折断后，记录所消耗的能量，计算低碳钢与铸铁的 α_k，填入表 3-2 中，并进行比较。

（2）若试样受冲后未完全折断，报告中应注明"未折断"。

（3）试样断口有明显肉眼可见的夹渣、裂纹，且数据偏低时，实验应重作。如试样卡锤或操作不当，则实验数据无效。

（4）实验数据保留三位有效数字，计算按附录Ⅲ的修约规定。

（5）比较低碳钢和铸铁两种材料的 α_k 值，绘出两种试样的断口形貌，指出各自的特征。

表 3-2　　　　　　　　实 验 数 据 记 录 表 格

材 料	试样缺口处截面积（cm²）	冲击功（N·m）	冲击韧性（N·m/cm²）
低 碳 钢			
铸 铁			

八、预习及思考题

（1）预习教材中相关章节。

（2）用冲击低碳钢的大能量试验机冲击铸铁试样，能否得到准确结果？

（3）观察冲击试样断口形状有什么意义？

第4章 电测应力分析

4.1 电测法的基本原理

电测法的基本原理是用电阻应变片测定构件表面的线应变,再根据应变—应力关系确定构件表面应力状态的一种实验应力分析方法。这种方法是将电阻应变片粘贴到被测构件的表面,当构件变形时,电阻应变片的电阻值将发生相应的变化,然后通过电阻应变仪将此电阻变化转换成电压(或电流)的变化,再换算成应变值或者输出与此应变成正比的电压(或电流)的信号,由记录仪进行记录,就可得到所测定的应变或应力。其原理框图如图 4-1 所示。

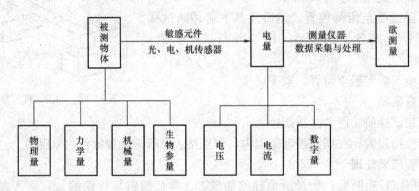

图 4-1 电测技术原理图

一、电测法的优点

(1) 测量灵敏度和精度高。其最小应变为 $1\mu\varepsilon$($\mu\varepsilon$ 为微应变,$1\mu\varepsilon=10^{-6}\varepsilon$)。在常温静态测量时,误差一般为 $1\%\sim3\%$;动态测量时,误差在 $3\%\sim5\%$ 范围内。

(2) 测量范围广。可测 $\pm1\sim2\times10^{4}\mu\varepsilon$;力或重力的测量范围在 $10^{-2}\sim10^{5}\mathrm{N}$ 等。

(3) 传感元件小。电测法以电阻应变片为传感元件,其尺寸可以很小,最小标距可达 0.2mm,可粘贴到构件的很小部位上以测取局部应变。利用由电阻应变片组成的应变花可以测量构件在复杂受力的情况下一点处的应变状态。应变片的质量很小,其惯性影响甚微,故能适应高速转动等动态测量。

(4) 频率响应好。可以测量从静态到数 $10^{5}\mathrm{Hz}$ 动态应变。

(5) 轻便灵活。在现场或野外等恶劣环境下均可进行测试。

(6) 能在高、低温或高压环境等特殊条件下进行测量。

(7) 便于与计算机联结进行数据采集与处理,易于实现数字化、自动化及无线电遥测。

二、电阻应变片的工作原理

电阻应变片主要是根据金属丝电阻应变效应的物理原理工作的。当金属丝沿其轴线方向受力而产生变形时,其电阻值也随之发生变化,这一现象称为电阻应变效应。由物理学可知,金属导线的电阻是其长度 l,截面积 A 和电阻率 ρ 的函数,即

$$R = \rho \frac{l}{A} \tag{4-1}$$

对式（4-1）等号两边取对数后进行微分得到

$$\frac{\mathrm{d}R}{R} = \frac{\mathrm{d}\rho}{\rho} + \frac{\mathrm{d}l}{l} - \frac{\mathrm{d}A}{A} \tag{4-2}$$

式中　$\mathrm{d}A$——导线长度变化时由于泊松效应造成的截面积改变。

$\mathrm{d}l/l$ 表示金属导线的纵向线应变，即

$$\frac{\mathrm{d}l}{l} = \varepsilon \tag{4-3}$$

若导线为圆截面，直径为 D，则

$$\frac{\mathrm{d}A}{A} = 2\frac{\mathrm{d}D}{D} = 2\left(-\mu\frac{\mathrm{d}l}{l}\right) = -2\mu\varepsilon \tag{4-4}$$

式中　μ——导线材料泊松比，$\varepsilon = \dfrac{\mathrm{d}l}{l}$。

将式（4-3）和式（4-4）代入式（4-2）可得

$$\frac{\mathrm{d}R}{R} = \frac{\mathrm{d}\rho}{\rho} + \varepsilon + 2\mu\varepsilon = \frac{\mathrm{d}\rho}{\rho} + (1+2\mu)\varepsilon \tag{4-5}$$

式（4-5）表明，导体的电阻应变效应由两方面原因造成，前一项是由金属丝变形后电阻率发生变化引起的，后一项是由金属丝变形后几何尺寸变化引起的。在常温下，许多金属材料在一定的应变范围内，电阻丝的相对电阻变化与丝的轴向长度的相对变化成正比，即

$$\frac{\mathrm{d}R}{R} = K\varepsilon$$

式中　K——电阻应变片的灵敏系数。

K 值在电阻应变片出厂时由厂方标明，其值一般为 2.0 左右。

三、测量电路及其工作原理

1. 测量电路

测量电路的作用是将电阻片感受的电阻变化率 $\Delta R/R$ 变换成电压变化输出。测量电路有多种，最常使用的就是惠斯登电桥电路，四个桥臂电阻分别为 R_1、R_2、R_3、R_4（见图4-2）。电桥的对角点 AC 接电源 E，另一对角 BD 为电桥的输出端，其输出电压为 U_{DB}，由电路理论可知

$$U_{DB} = \left(\frac{R_1}{R_1 + R_2} - \frac{R_4}{R_3 + R_4}\right)E \tag{4-6}$$

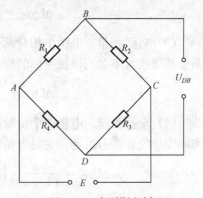

图 4-2　惠更斯电桥

若电桥的四个桥臂电阻用四枚粘贴在构件上的电阻片接入，当构件变形时，电阻应变片的电阻的变化分别为 $\Delta R_1 + R_1$，$\Delta R_2 + R_2$，$\Delta R_3 + R_3$，$\Delta R_4 + R_4$，此时电桥的输出电压为

$$U_{DB} = \left(\frac{R_1 + \Delta R_1}{R_1 + R_2 + \Delta R_1 + \Delta R_2}\right) - \left(\frac{R_4 + \Delta R_4}{R_3 + R_4 + \Delta R_3 + \Delta R_4}\right)E \tag{4-7}$$

由式（4-6）和式（4-7）可以解出电桥电压的变化量 ΔU_{DB}，当 $\Delta R/R \ll 1$，ΔU_{DB} 可简化为

$$\Delta U_{DB} = \frac{a}{(1+a)^2}\left(\frac{\Delta R_1}{R_1} - \frac{\Delta R_2}{R_2}\right)E - \frac{b}{(1+b)^2}\left(\frac{\Delta R_4}{R_4} - \frac{\Delta R_3}{R_3}\right)E \qquad (4-8)$$

式中 $a = R_2/R_1$，$b = R_3/R_4$。当 $R_1 = R_2 = R_3 = R_4$ 时，式（4-8）可进一步简化为

$$\Delta U_{DB} = \frac{E}{4}\left(\frac{\Delta R_1}{R_1} - \frac{\Delta R_2}{R_2} + \frac{\Delta R_3}{R_3} - \frac{\Delta R_4}{R_4}\right) \qquad (4-9)$$

该式成立的必要条件是：①小应变，$\dfrac{\Delta R}{R} \ll 1$；②等臂桥，即 $R_1 = R_2 = R_3 = R_4$。当四枚电阻片的灵敏系数 K 相等时，式（4-9）可以写为

$$\Delta U_{DB} = \frac{EK}{4}(\varepsilon_1 - \varepsilon_2 + \varepsilon_3 - \varepsilon_4) \qquad (4-10)$$

式中 ε_1、ε_2、ε_3、ε_4 分别代表电阻片 R_1、R_2、R_3、R_4 感受的应变值，它是一个代数量，通常规定拉应变为正，压应变为负。由上式可知，电桥具有以下基本特性：两相邻桥臂电阻所感受的应变 ε 代数值相减；而两相对桥臂电阻所感受的应变 ε 代数值相加。这种作用也称为电桥的加减性。因此，正确地布片和组桥，可提高测量的灵敏度并减少误差，下面是几种常见的组桥方式。

（1）单臂测量。电桥中只有一个桥臂是参与机械变形的电阻片（工作应变片 R_1），其他三个桥臂不参加机械变形，这种接桥方法检测到的工作片输出信号不仅有机械变形的电阻信号，同时还有环境温度引起的电阻信号，为了消除这个电阻变化量，可以根据电桥的加减特性，在其邻臂上接入一个与工作片具有相同电阻值的电阻应变片，构成一个电桥回路。这个外加且又不参与机械变形的电阻应变片，通常称为温度补偿片（因为邻臂相减，温度引起的信号被减掉了）这时电桥输出电压为

$$\Delta U_{DB} = \frac{E}{4}\frac{\Delta R_1}{R_1} = \frac{EK}{4}\varepsilon_1$$

（2）半桥测量。电桥中相邻两个桥臂接入参与机械变形的电阻应变片为 R_1 和 R_2，其他两个桥臂接入不参加机械变形的固定电阻或温度补偿片，这时电桥输出电压为

$$\Delta U_{DB} = \frac{E}{4}\left(\frac{\Delta R_1}{R_1} - \frac{\Delta R_2}{R_2}\right) = \frac{EK}{4}(\varepsilon_1 - \varepsilon_2)$$

（3）对臂测量。电桥中相对两个桥臂接入参与机械变形的电阻应变片为 R_1 和 R_3，其他两个桥臂接入不参与机械变形的固定电阻或温度补偿片，这时电桥输出电压为

$$\Delta U_{DB} = \frac{E}{4}\left(\frac{\Delta R_1}{R_1} + \frac{\Delta R_3}{R_3}\right) = \frac{EK}{4}(\varepsilon_1 + \varepsilon_3)$$

（4）全桥测量。电桥四个桥臂都接入参与机械变形的电阻片。如何首尾相接也必须根据实际变形值和符号决定。这时电桥输出电压为

$$\Delta U_{DB} = \frac{a}{(1+a)^2}\left(\frac{\Delta R_1}{R_1} - \frac{\Delta R_2}{R_2}\right)E - \frac{b}{(1+b)^2}\left(\frac{\Delta R_4}{R_4} - \frac{\Delta R_3}{R_3}\right)E$$

2. 温度补偿

电阻应变片对温度变化十分敏感。当环境温度变化时，因应变片的线膨胀系数与被测构件的线膨胀系数不同，且敏感栅的电阻值随温度的变化而变化，所以测得应变将包含温度变

化的影响，不能反映构件的实际应变，因此在测量中必须设法消除温度变化的影响。

消除温度影响的措施是温度补偿。在常温应变测量中温度补偿的方法是采用桥路补偿法。它是利用电桥特性进行温度补偿的。

（1）补偿块补偿法。把粘贴在构件被测点处的应变片称为工作片，接入电桥的 AB 桥臂；另外以相同规格的应变片粘贴在与被测构件相同材料但不参与变形的一块材料上，并与被测构件处于相同温度条件下，称为温度补偿片，将它接入电桥与工作片组成测量电桥的半桥，电桥的另外两桥臂为应变仪内部固定无感标准电阻，组成等臂电桥。由电桥特性可知，只要将补偿片正确地接在桥路中即可消除温度变化所产生的影响。

（2）工作片补偿法。工作片补偿法不需要补偿片和补偿块，而是在同一被测构件上粘贴几个工作应变片，根据电桥的基本特性及构件的受力情况，将工作片正确地接入电桥中，即可消除温度变化所引起的应变，得到所需测量的应变。

四、静态数字电阻应变仪

电阻应变仪是测量结构及材料在载荷作用下应变的仪器，该仪器能根据应变 ε 与电阻改变量 ΔR 的关系，用应变标度直接标出应变值。电阻应变仪按测量应变的频率可分为静态电阻应变仪、静动态电阻应变仪、动态电阻应变仪和超动态电阻应变仪。静态电阻应变仪用于应变信号变化缓慢的测试场合。动态电阻应变仪用于应变信号快速变化的测试场合。动静态电阻应变仪则既能当静态电阻应变仪使用，也可对频率不太高的应变信号按动态应变仪使用。

1. 工作原理

通过电桥可把应变片感受到的应变转变成电压（电流）信号，由于这一信号非常微弱，必须进行放大，然后将放大了的信号再用应变表示出来，这就是电阻应变仪的工作原理。

静态数字应变仪把测量电桥因构件变形产生的电压信号直接进行放大处理。其原理框图如图 4-3 所示。

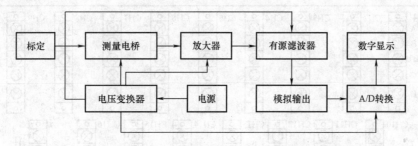

图 4-3　静态数字应变仪工作原理

以 XL 2118C 静态数字电阻应变仪（见图 4-4）为例说明其使用方法。该仪器全数字化智能设计，操作简单，测量功能丰富，带有 16 个接线端子（即同时可测 16 个点的应变），可同时显示 6 个点的应变值和手轮加载时的力值。

2. 使用方法

（1）灵敏系数 k 的设定。首先打开电源，预热

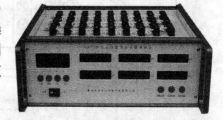

图 4-4　XL 2118C 静态数字电阻应变

20min，进行测量系数设定。图4-5所示为该应变仪的前面板，打开仪器正面的电源开关后，按下"系数设定"键，LED会显示"SET-UP"字样并闪烁三次后进入灵敏系数设定状态。按下"通道切换"键可修改当前闪烁位的数值，修改完毕后，按下"系数设定"键，新灵敏系数将生效。设置完毕后，仪器返回手动测试状态。如果实验环境、被测对象及测试方法均没有变动，就可直接进行实验，无需进行测量系数设定。因为上次实验设置的数据已被XL 2118C存取到系统内部。

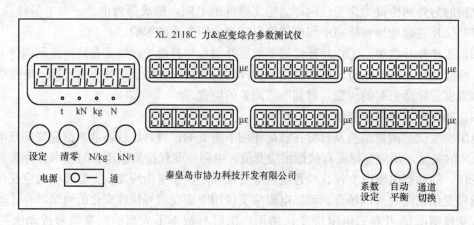

图4-5　XL 2118C静态数字电阻应变仪前面板

（2）桥路选择。本仪器有三种桥路测量方式：1/4桥（半桥单臂，公共补偿）、半桥和全桥。根据测试要求选择合适的测量方式。建议尽可能采用半桥或全桥测量，以提高测试灵敏度及实现测量点之间的温度补偿。打开仪器上面板，会看到接线端子（见图4-6），这些端子由16个测量通道接线端子（接测量片）和一个公共补偿接线端子组成，可以同时测16个点的应变。三种测量方式的具体接线法如图4-7所示。

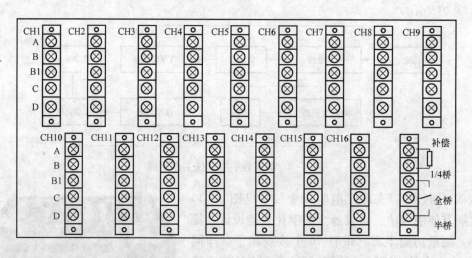

图4-6　XL 2118C应变测试接线端子示意

（3）预调平衡。按下"自动平衡"键，系统自动对CH1～CH16全部测点进行预读数自动平衡，平衡完毕后返回测量状态。

（4）数据测量。测量数据时使用者只要通过"通道切换"操作，并根据所连接应变片的测点选择观测屏幕即可。即 CH1～CH6、CH7～CH12、CH13～CH16。

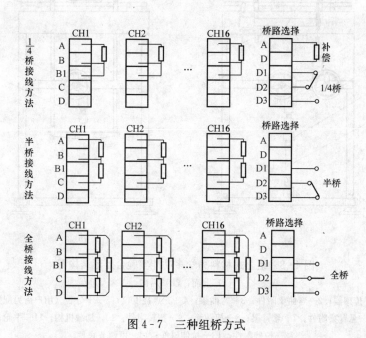

图 4-7　三种组桥方式

4.2　组合式材料力学多功能实验台

组合式材料力学多功能实验台是方便同学们自己动手作材料力学电测实验的设备，它将多种材料力学实验集中到一个实验台上进行，使用时稍加变动，即可进行教学大纲规定内容的多项实验。一个实验台可做七个以上电测实验，功能全面，操作简单。

一、构造及工作原理

1. 外形结构及主要功能

实验台为框架式结构，分前后两片架，其外形结构如图 4-8 所示。前片架可做弯扭组合受力分析，材料弹性模量、泊松比测定，偏心拉伸实验，压杆稳定实验，悬臂梁实验、等强度梁实验；后片架可做纯弯曲梁正应力实验，电阻应变片灵敏系数标定，组合叠梁实验等。

2. 加载原理

加载机构采用蜗轮蜗杆及螺旋传动机构对试件进行施力加载，该机构将手轮的转动变成了螺旋千斤加载的直线运动，操作省力，加载稳定。

3. 工作机理

实验台采用蜗杆和螺旋复合加载机构，加载过程中，加载力大小经拉压力传感器转变为电压（电流）信号，通过信号线传送到电阻应变仪，经处理后通过力值显示窗口显示出来；各试件的受力变形，通过贴于其上的应变片传感器转变为电压（电流）信号，经信号线传送到静态电阻应变仪，信号经处理后通过静态电阻应变仪的应变显示窗口显示出来，该测试设备备有微机接口，所有数据可由计算机分析处理打印。

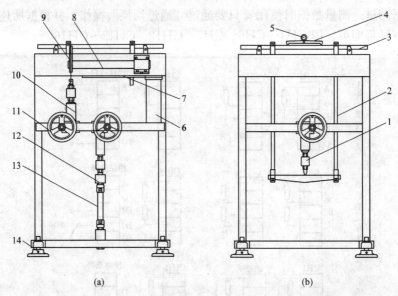

图 4 - 8　组合式材料力学多功能实验台外形结构图

(a) 前面；(b) 后面

1—传感器；2—弯曲梁附件；3—弯曲梁；4—三点挠度仪；5—千分表（用户需另配）；
6—悬臂梁附件；7—悬臂梁；8—扭转筒；9—扭转附件；10—加载机构；11—手轮；
12—拉伸附件；13—拉伸试件；14—可调节底盘

二、操作步骤

(1) 将所做实验的试件通过有关附件连接到架体相应位置，连接拉压力传感器和加载件到加载机构。

(2) 连接传感器电缆线到仪器传感器输入插座，连接应变片导线到仪器的各个通道接口。

(3) 打开仪器电源，预热约 20min，输入传感器量程及灵敏度和应变片灵敏系数（一般首次使用时已调好，如实验项目及传感器没有改变，可不必重新设置），在不加载的情况下将测力量和应变量调至零。

(4) 在初始值以上对各试件进行分级加载，转动手轮速度要均匀，记下各级力值和试件产生的应变值进行计算、分析和验证，如已与微机连接，则全部数据可由计算机进行简单的分析并打印。

三、注意事项

(1) 每次实验最好先将试件摆放好，仪器接通电源，打开仪器预热约 20min 左右，讲完课再实验。

(2) 各项实验加载载荷不得超过规定的最大拉压力。

(3) 加载机构作用行程为 50mm，手轮转动快到行程末端时应缓慢转动，以免撞坏有关定位件。

(4) 所有实验进行完后，应释放加力机构，最好拆下试件，以免闲杂人员乱动损坏传感器和有关试件。

(5) 蜗杆加载机构每半年或定期加润滑机油，避免干磨损，缩短使用寿命。

4.3 纯弯曲梁的正应力实验

一、实验目的

(1) 学习应力应变电测法的原理及测试技术。

(2) 测定矩形梁在纯弯曲时横截面上正应力的大小和分布规律。

(3) 验证纯弯曲梁的正应力计算公式。

二、实验仪器设备和工具

(1) 矩形截面钢梁。

(2) 组合式材料力学多功能实验台中纯弯曲梁实验装置。

(3) 静态数字电阻应变仪。

(4) 游标卡尺、钢板尺。

三、实验原理及方法

在纯弯曲条件下，根据平面假设和纵向纤维间无挤压的假设，可得到梁横截面上任一点的正应力计算公式为

$$\sigma = \frac{My}{I_z}$$

式中　M——弯矩；

　　　I_z——横截面对中性轴的惯性矩；

　　　y——所求应力点至中性轴的距离。

由上式可知，梁内正应力及梁表面之应变值均与测点中性层的距离 y 成正比，并可计算得出梁处于纯弯曲段的正应力分布情况。用试验可以验证上述计算式。

测试时，为了测量梁在纯弯曲时横截面上正应力的分布规律，在梁的纯弯曲段沿梁侧面不同高度，平行于轴线贴有应变片（见图 4-9）。

实验可采用半桥单臂、公共补偿、多点测量方法。加载采用增量法，即每增加等量的载荷 ΔP，测出各点的应变增量 $\Delta\varepsilon$，然后分别取各点应变增量的平均值 $\Delta\varepsilon_{Ri}$，依次求出各点的应变增量 $\sigma_{Ri} = E\Delta\varepsilon_{Ri}$。

将实测应力值与理论应力值进行比较，以验证弯曲正应力计算式。

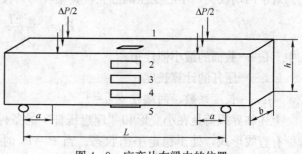

图 4-9　应变片在梁中的位置

四、实验步骤

(1) 设计好本实验所需的各类数据表格。

(2) 测量矩形截面梁的宽度 b 和高度 h、载荷作用点到梁支点距离 a 及各应变片到中性层的距离 y_i。

(3) 拟定加载方案。先选取适当的初载荷 P_0（一般取 $P_0 = 10\%P_{max}$ 左右），估算 P_{max}（该实验载荷范围 $P_{max} \leqslant 4000N$，分 4~6 级加载）。

(4) 根据加载方案，调整好实验加载装置。

（5）按实验要求将各仪器连接好，检查整个测试系统是否处于正常工作状态。

（6）加载。均匀缓慢加载至初载荷 P_0，记下各点应变的初始读数；然后分级等增量加载，每增加一级载荷，依次记录各点电阻应变片的应变值 ε_i，直到最终载荷。实验至少重复两次。

（7）做完实验后，卸掉载荷，关闭电源，整理好所用仪器设备，清理实验现场将所用仪器设备复原，实验资料交指导教师检查签字。

五、整理实验报告

整理实验报告。

六、思考题

（1）影响实验结果准确性的主要因素是什么？

（2）弯曲正应力的大小是否受弹性模量 E 的影响？

（3）实验时没有考虑梁的自重，会引起误差吗？为什么？

（4）采用等增量法加载的目的是什么？

4.4 压杆稳定实验

一、实验目的

（1）用电测法测定两端铰支压杆的临界载荷 P_{cr}，并与理论值进行比较验证欧拉公式。

（2）观察细长压杆在轴向压力作用下的失稳现象。

二、实验仪器设备与工具

（1）组合式材料力学多功能实验台中压杆稳定实验部件。

（2）静态数字电阻应变仪。

（3）游标卡尺、钢板尺。

三、实验原理及方法

对于两端铰支，中心受压的细长杆其临界力可按欧拉公式计算得

$$P_{cr} = \frac{\pi^2 EI}{(\mu l)^2}$$

式中　I——截面的最小惯性矩；

　　　l——压杆的计算长度；

　　　μ——长度系数，两端铰支 $\mu=1$。

上述临界载荷是在小变形和"理想压杆"的条件下导出的。当 $P < P_{cr}$ 时，压杆始终保持原有直线形式，处于稳定平衡状态。当 $P = P_{cr}$ 时，压杆即处于直线与微弯的临界状态。但实际实验中的压杆，由于不可避免地存在初曲率，加之材料不均匀和载荷偏心等因素影响，在 P 远小于 P_{cr} 时，压杆也会发生微小的弯曲变形，只是当 P 接近 P_{cr} 时弯曲变形会突然增大，而丧失稳定，所以实际的实验压力与挠度实验图线是一条曲线，而不是理论上的折线。只能用其渐近线确定临界载荷 P_{cr} 的大小。

实验测定 P_{cr} 时，可采用本材料力学多功能实验装置中压杆稳定实验部件，该装置上、下支座为 V 形槽口，将带有圆弧尖端的压杆装入支座中，在外力的作用下，通过能上下活动的上支座对压杆施加载荷，压杆变形时，两端能自由地绕 V 形槽口转动，即相当于两端铰支的情况。利用电测法在压杆中央两侧各贴一枚应变片 R_1 和 R_2，如图 4-10（a）所示。

假设压杆受力后如图标向左弯曲 [见图 4-10 (b)] 的情况下，以 ε_1 和 ε_2 分别表示应变片 R_1 和 R_2 左右两点的应变值，此时，ε_1 是由轴向压应变与弯曲产生的拉应变之代数和，ε_2 则是由轴向压应变与弯曲产生的压应变之代数和。

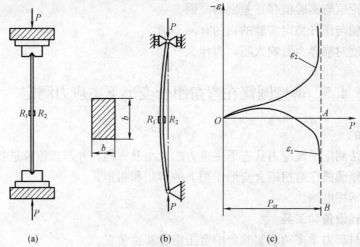

图 4-10   弯曲状态的压杆和 P-ε 曲线

当 $P \ll P_{cr}$ 时，压杆几乎不发生弯曲变形，ε_1 和 ε_2 均为轴向压缩引起的压应变，两者相等，当载荷 P 继续增大时，压杆开始发生变形，ε_1 和 ε_2 的差值越来越大；当载荷 P 接近临界力 P_{cr} 时，无论是 ε_1 还是 ε_2 都急剧增加。如用横坐标代表载荷 P，纵坐标代表应变 ε，则压杆的 P-ε 关系曲线如图 4-10 (c) 所示。从图中可以看出，当 P 接近 P_{cr} 时，P-ε_1 和 P-ε_2 曲线都接近同一水平渐进线 AB，A 点对应的横坐标大小即为实验临界压力值。

四、实验步骤

(1) 试件准备。

(2) 测量试件尺寸。在试件标距范围内，沿试件长度方向测量三个横截面尺寸，取其平均值。

(3) 拟定加载方案。加载前用欧拉公式求出压杆临界压力 P_{cr} 的理论值，在预估临界力值的 80% 以内，可采取大等级加载，进行载荷控制。可将载荷分成 4～5 级，载荷每增加一个 ΔP，记录一次相应的应变值，当接近失稳时，变形量快速增加，此时载荷量应取小些，或者改为变形量控制加载，即变形每增加一定数量读取相应的载荷，直到 ΔP 的变化很小，出现四组相同的载荷或渐近线的趋势已经明显为止（此时可认为此载荷值为所需的临界载荷值）。

(4) 根据加载方案，调整好实验加载装置。

(5) 按实验要求接好线，调整好仪器，检查整个测试系统是否处于正常工作状态。

(6) 加载分成两个阶段，在达到理论临界载荷 P_{cr} 的 80% 之前，由载荷控制，均匀缓慢加载，每增加一级载荷，记录两点应变值 ε_1 和 ε_2；超过理论临界载荷 P_{cr} 的 80% 之后，由变形控制，每增加一定的应变量读取相应的载荷值。当试件的弯曲变形明显时即可停止加载，卸掉载荷。实验至少重复两次。

(7) 做完实验后，逐级卸掉载荷，仔细观察试件的变化，直到试件回弹至初始状态。关闭电源，整理好所用仪器设备，清理实验现场，将所用仪器设备复原，实验资料交指导教师检查签字。

五、整理实验报告

整理实验报告。

六、思考题

(1) 简述理论值与实验值存在差别的原因。

(2) 压缩实验与压杆稳定实验的目的有何不同？

(3) 试件厚度对临界力影响大吗，为什么？

4.5　薄壁圆筒在弯扭组合变形下主应力测定

一、实验目的

(1) 用电测法测定平面应力状态下主应力的大小及方向，并与理论值进行比较。

(2) 测定薄壁圆筒在弯扭组合变形作用下的弯矩和扭矩。

(3) 进一步掌握电测法。

二、实验仪器设备和工具

(1) 组合式材料力学多功能实验台中弯扭组合实验装置。

(2) 静态数字电阻应变仪。

(3) 游标卡尺、钢板尺。

三、实验原理和方法

1. 测定主应力大小和方向

薄壁圆筒受弯扭组合作用，使圆筒发生组合变形，其表面各点均处于平面应力状态，由应力状态理论可知，对于平面应力状态问题，要用实验方法测定某一点的主应力大小和方向，一般只要测得该点一对正交方向的应变分量 ε_x、ε_y 和 γ_{xy} 即可。根据应变分析，沿与 x 轴成 α 角的方向 n，如图 4-11 所示（从 x 到 n 逆时针的 α 为正）线应变为

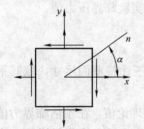

图 4-11　应力状态示意图

$$\varepsilon_\alpha = \frac{\varepsilon_x + \varepsilon_y}{2} + \frac{\varepsilon_x - \varepsilon_y}{2}\cos2\alpha - \frac{1}{2}\gamma_{xy}\sin2\alpha \qquad (4-11)$$

ε_α 随 α 的变化而变化，在两个互相垂直的主方向上，ε_α 达到极值，称为主应变。主应变计算公式为

$$\left.\begin{array}{c}\varepsilon_1\\\varepsilon_2\end{array}\right\} = \frac{\varepsilon_x + \varepsilon_y}{2} \pm \frac{1}{2}\sqrt{(\varepsilon_x - \varepsilon_y)^2 + \gamma_{xy}^2} \qquad (4-12)$$

确定两个互相垂直的主方向 α_0 的公式为

$$\tan2\alpha_0 = -\frac{\gamma_{xy}}{\varepsilon_x - \varepsilon_y} \qquad (4-13)$$

对于线弹性各向同性材料，主应变 ε_1、ε_2 和主应力 σ_1、σ_2 的方向一致，并可由广义胡克定律求得

$$\left.\begin{array}{l}\sigma_1 = \dfrac{E}{1-\mu^2}(\varepsilon_1 + \mu\varepsilon_2)\\[2mm]\sigma_2 = \dfrac{E}{1-\mu^2}(\varepsilon_2 + \mu\varepsilon_1)\end{array}\right\} \qquad (4-14)$$

本实验装置采用的是三枚应变片组成的直角应变花，如图 4-12 所示，在靠近固定端的

上表面 m 点贴一组应变花，应变花上三个应变片的 α 角分别为 $-45°$、$0°$、$45°$，这样这三个方向的线应变 $\varepsilon_{-45°}$、$\varepsilon_{0°}$、$\varepsilon_{45°}$ 可以直接测得，将它们依次代入式（4-11），可求出 ε_x、ε_y 和 γ_{xy}，再代入式（4-12）得

$$\left.\begin{array}{c}\varepsilon_1\\\varepsilon_2\end{array}\right\}=\frac{\varepsilon_{-45°}+\varepsilon_{45°}}{2}\pm\frac{\sqrt{2}}{2}\sqrt{(\varepsilon_{-45°}-\varepsilon_{0°})^2+(\varepsilon_{45°}-\varepsilon_{0°})^2} \qquad (4-15)$$

把式（4-15）结果代入式（4-13）和式（4-14），得到该点主应力和主方向为

$$\left.\begin{array}{c}\sigma_1\\\sigma_2\end{array}\right\}=\frac{E(\varepsilon_{-45°}+\varepsilon_{45°})}{2}\pm\frac{\sqrt{2}E}{2(1+\mu)}\sqrt{(\varepsilon_{-45°}-\varepsilon_{0°})^2+(\varepsilon_{45°}-\varepsilon_{0°})^2} \qquad (4-16)$$

$$\tan 2\alpha_0=\frac{\varepsilon_{45°}-\varepsilon_{-45°}}{2\varepsilon_{0°}-\varepsilon_{-45°}-\varepsilon_{45°}} \qquad (4-17)$$

2. 测定弯矩

在靠近固定端的下表面点 m' 上，粘贴一枚与 m 点相同的应变花，因 m 和 m' 两点沿 X 方向只有因弯曲引起的拉伸和压缩应变，且两应变等值异号。因此将 m 和 m' 两点应变片 b 和 b' 组成半桥温度互补偿桥路，如图 4-13 所示，图中 R 为应变仪内置的固定电阻。则有

$$\varepsilon_{AB}=\varepsilon_M+\varepsilon_t \qquad (4-18)$$
$$\varepsilon_{BC}=-\varepsilon_M+\varepsilon_t \qquad (4-19)$$

式中 ε_M——弯矩引起的 m 点应变绝对值；

         ε_t——温度引起的应变。

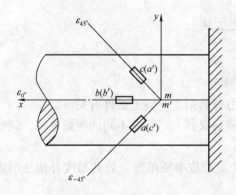

图 4-12   测点应变花

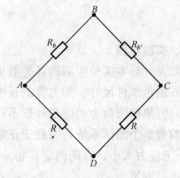

图 4-13   测定弯矩的电桥接线

由式（4-18）和式（4-19）得

$$\varepsilon_{du}=\varepsilon_{AB}-\varepsilon_{BC}=(\varepsilon_M+\varepsilon_t)-(-\varepsilon_M+\varepsilon_t)=2\varepsilon_M \qquad (4-20)$$

ε_{du} 为应变仪的读数，因此可求得最大弯曲应力为

$$\sigma_M=E\varepsilon_M=\frac{E\varepsilon_{du}}{2} \qquad (4-21)$$

若薄壁圆筒的外径为 D，内径为 d，则截面 m-m' 的弯矩为

$$M=\sigma_M W_z=E\varepsilon_M W_z=\frac{E\pi(D^4-d^4)}{64D}\varepsilon_{du} \qquad (4-22)$$

3. 测定扭矩

当薄壁圆筒受纯扭转时，m 和 m' 两点 $45°$ 方向和 $-45°$ 方向的应变片都是沿主应力方向。

且主应力 σ_1 和 σ_3 数值相等，符号相反。因此，可将 a、c、a'、c' 组成全桥温度互补偿桥路。如图 4-14 所示，则有

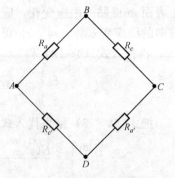

$$\varepsilon_{AB} = \varepsilon_T + \varepsilon_Q + \varepsilon_t \qquad (4-23)$$

$$\varepsilon_{BC} = -\varepsilon_T + \varepsilon_Q + \varepsilon_t \qquad (4-24)$$

$$\varepsilon_{CD} = \varepsilon_T - \varepsilon_Q + \varepsilon_t \qquad (4-25)$$

$$\varepsilon_{DA} = -\varepsilon_T - \varepsilon_Q + \varepsilon_t \qquad (4-26)$$

式中　ε_T——扭矩引起的应变绝对值，即为主应变 ε_1；

　　　ε_Q——剪力引起的应变绝对值。

图 4-14　测定弯矩的电桥接线

由式（4-23）～式（4-26）可得应变仪的读数 ε_{du} 为

$$\varepsilon_{du} = (\varepsilon_T + \varepsilon_Q + \varepsilon_t) - (-\varepsilon_T + \varepsilon_Q + \varepsilon_t) + (\varepsilon_T - \varepsilon_Q + \varepsilon_t) - (-\varepsilon_T - \varepsilon_Q + \varepsilon_t) = 4\varepsilon_1$$

$$(4-27)$$

根据广义胡克定律可知

$$\varepsilon_1 = \frac{\sigma_1}{E} - \mu \frac{\sigma_3}{E} = \frac{\tau_{max}}{E}(1+\mu) \qquad (4-28)$$

故扭转剪应力为

$$\tau_{max} = \frac{T}{W_T} = \frac{E\varepsilon_1}{1+\mu} = \frac{E}{4(1+\mu)}\varepsilon_{du} \qquad (4-29)$$

若薄壁圆筒的外径为 D，内径为 d，扭矩则为

$$T = \frac{E\varepsilon_{du}\pi(D^4-d^4)}{64D(1+\mu)} \qquad (4-30)$$

四、实验步骤

（1）设计好本实验所需的各类数据表格。

（2）测量试件尺寸、加力臂的长度和测点距力臂的距离，确定试件有关参数。

（3）将薄壁圆筒上的应变片按不同测试要求接到仪器上，组成不同的测量电桥。调整好仪器，检查整个测试系统是否处于正常工作状态。

1）主应力大小、方向测定：将 m 点的所有应变片按半桥单臂、公共温度补偿法组成测量线路进行测量。

2）测定弯矩：将 m 和 m' 两点的 b 和 b' 两只应变片按半桥双臂组成测量线路进行测量。

3）测定扭矩：将 m 和 m' 两点的 a、c 和 a'、c' 四只应变片按全桥方式组成测量线路进行测量。

（4）拟定加载方案。先选取适当的初载荷 P_0（一般取 $P_0 = 10\%P_{max}$ 左右），估算 P_{max}（该实验载荷范围 $P_{max} \leqslant 700\text{N}$），分 4～6 级加载。

（5）根据加载方案，调整好实验加载装置。

（6）加载。均匀缓慢加载至初载荷 P_0，记下各点应变的初始读数；然后分级等增量加载，每增加一级载荷，依次记录点电阻应变片的应变值，直到最终载荷。实验至少重复两次。

（7）做完实验后，卸掉载荷，关闭电源，整理好所用仪器设备，清理实验现场，将所用仪器设备复原，实验资料交指导教师检查签字。

（8）实验装置中，圆筒的管壁很薄，为避免损坏装置，注意切勿超载，不能用力扳动圆

筒的自由端和力臂。

五、整理实验报告

整理实验报告。

六、思考题

(1) 测量单一内力分量引起的应变，可以采用哪几种桥路接线法？

(2) 主应力测量中，45°直角应变花是否可沿任意方向粘贴？

(3) 测量弯矩时，这里用两枚纵向片组成互补偿电路，也可只用一枚纵向片和外补偿电路，两种方法何者较好？

(4) 分析测量结果，讨论引起实验误差的主要原因是什么？

4.6 材料弹性模量 E 和泊松比 μ 的测定

一、实验目的

(1) 测定常用金属材料的弹性模量 E 和泊松比 μ。

(2) 验证胡克定律。

二、实验仪器设备和工具

(1) 组合式材料力学多功能实验台中拉伸装置。

(2) 静态数字电阻应变仪。

(3) 游标卡尺、钢板尺。

三、实验原理和方法

试件采用矩形截面试件，电阻应变片布片方式如图 4-15 所示。在试件中央截面上，沿前后两面的轴线方向分别对称的贴一对轴向应变片 R_1、$R_1{}'$ 和一对横向应变片 R_2、$R_2{}'$，以测量轴向应变 ε 和横向应变 ε'。

1. 弹性模量 E 的测定

由于实验装置和安装初始状态的不稳定性，拉伸曲线的初始阶段往往是非线性的。为了尽可能减小测量误差，实验宜从一初载荷 P_0（$P_0 \neq 0$）开始，采用增量法，分级加载，分别测量在各相同载荷增量 ΔP 作用下，产生的应变增量 $\Delta \varepsilon$，并求出 $\Delta \varepsilon$ 的平均值。设试件初始横截面面积为 A_0，则有

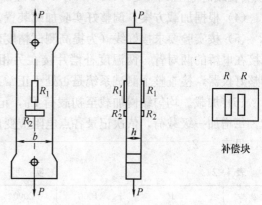

图 4-15 拉伸试件及布片图

$$E = \frac{\Delta P}{\overline{\Delta \varepsilon} A_0}$$

式中 A_0——试件截面面积；

$\overline{\Delta \varepsilon}$——轴向应变增量的平均值。

上式即为增量法测 E 的计算式。

2. 泊松比 μ 的测定

利用试件上的横向应变片和纵向应变片合理组桥，为了尽可能减小测量误差，实验宜从

一初载荷 P_0（$P_0 \neq 0$）开始，采用增量法，分级加载，分别测量在各相同载荷增量 ΔP 作用下，横向应变增量 $\Delta \varepsilon'$ 和纵向应变增量 $\Delta \varepsilon$。求出平均值，按定义有

$$\mu = \left| \frac{\Delta \varepsilon'}{\Delta \varepsilon} \right|$$

便可求得泊松比 μ。

在等增量加载的条件下，若纵向应变的增量 $\Delta \varepsilon$ 大致相等，就验证了胡克定律。

四、实验步骤

（1）设计好本实验所需的各类数据表格。

（2）测量试件尺寸。在试件标距范围内，测量试件三个横截面尺寸，取三处横截面积的平均值作为试件的横截面面积 A_0，见表 4 - 1。

表 4 - 1　　　　　　　　　　　　试 件 相 关 数 据

试　　　件	厚度 h（mm）	宽度 b（mm）	横截面面积 $A_0 = bh$（mm²）
截面 Ⅰ			
截面 Ⅱ			
截面 Ⅲ			
平　　均			

弹性模量 $E = 210 \text{GPa}$

泊松比 $\mu = 0.26$

（3）拟定加载方案。先选取适当的初载荷 P_0（一般取 $P_0 = 10\% P_{max}$ 左右），估算 P_{max}（该实验载荷范围 $P_{max} \leqslant 5000 \text{N}$），分 4～6 级加载。

（4）根据加载方案，调整好实验加载装置。

（5）按实验要求接好线（为提高测试精度建议相对桥臂测量方法，即将两轴向应变片分别接在电桥的两对臂，两温度补偿片接在另相对两臂，这样可自动消除偏心弯曲的影响），调整好仪器，检查整个测试系统是否处于正常工作状态。

（6）加载。均匀缓慢加载至初载荷 P_0，记下各点应变的初始读数；然后分级等增量加载，每增加一级载荷，依次记录各点电阻应变片的应变值，直到最终载荷。实验至少重复两次，见表 4 - 2。

表 4 - 2　　　　　　　　　　　　实 验 数 据

载荷 （N）	P	1000	2000	3000	4000	5000	
	ΔP	1000		1000		1000	1000
轴向应变 读数 $\mu \varepsilon$	ε_1						
	$\Delta \varepsilon_1$						
	$\Delta \varepsilon_1$ 平均值						
	ε_1'						
	ε_1'						
	$\Delta \varepsilon_1'$ 平均值						
轴向应变平均值 $\overline{\Delta \varepsilon}$							

续表

横向应变读数 $\mu\varepsilon$	ε_2								
	$\Delta\varepsilon_2$								
	$\Delta\varepsilon_2$ 平均值								
	ε_2'								
	$\Delta\varepsilon_2'$								
	$\Delta\varepsilon_2'$ 平均值								
横向应变平均值 $\overline{\Delta\varepsilon'}$									

(7) 做完实验后，卸掉载荷，关闭电源，整理好所用仪器设备，清理实验现场，将所用仪器设备复原，实验资料交指导教师检查签字。

五、实验结果处理

(1) 弹性模量计算。

$$E = \frac{\Delta P}{\Delta \varepsilon A_0}$$

(2) 泊松比计算。

$$\mu = \left| \frac{\overline{\Delta \varepsilon'}}{\overline{\Delta \varepsilon}} \right|$$

六、思考题

(1) 分析纵、横向应变片粘贴不准时对测试结果的影响。

(2) 根据实验测得的实际值 E_R、μ_R 与已知理论值 E_{Th}、μ_{Th} 作对比，分析误差原因。

(3) 采用什么措施可消除偏心弯曲的影响？

4.7 偏 心 拉 伸 实 验

一、实验目的

(1) 测定偏心拉伸时最大正应力，验证叠加原理。

(2) 分别测定偏心拉伸时由拉力和弯矩所产生的应力。

(3) 测定偏心距。

(4) 测定弹性模量 E。

二、实验仪器设备与工具

(1) 组合式材料力学多功能实验台中拉伸部件。

(2) 静态数字电阻应变仪。

(3) 游标卡尺、钢板尺。

三、实验原理和方法

偏心拉伸试件，如图 4-16 所示，由材料力学知识可知，偏心拉伸属于拉伸与弯曲的组合变形，在线弹性范围内，杆件在组合变形条件下的应力和应变分析通常是按照叠加原理进行计算的。因此，将电阻应变仪的测量电桥按不同的桥

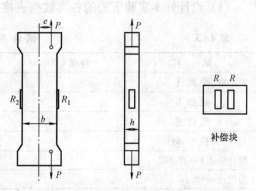

图 4-16 偏心拉伸试件及布片

路接法接入就可分别测出组合变形下试件的内力素。

偏心拉伸试件在外载荷作用下，其轴力 $N=P$，弯矩 $M=Pe$，其中 e 为偏心距。试件横截面上的应力为单向应力状态，根据叠加原理，其理论计算式为拉伸应力和弯曲正应力的代数和，即

$$\sigma = \frac{P}{A_0} \pm \frac{6M}{bh^2}$$

偏心拉伸试件及应变片的布置方法如图 4-15 所示，R_1 和 R_2 分别为试件两侧上的两个对称点。则

$$\varepsilon_1 = \varepsilon_P + \varepsilon_M + \varepsilon_t, \quad \varepsilon_2 = \varepsilon_P - \varepsilon_M + \varepsilon_t$$

式中　ε_P——轴力引起的拉伸应变；

　　　ε_M——弯矩引起的应变；

　　　ε_t——温差应变。

根据桥路原理，采用不同的组桥方式，即可分别测出与轴力及弯矩有关的应变值。从而进一步求得弹性模量 E、偏心距 e、最大正应力和分别由轴力、弯矩产生的应力。

可直接采用半桥单臂方式测出 R_1 和 R_2 受力产生的应变值 ε_1 和 ε_2，通过上述两式算出轴力引起的拉伸应变 ε_P 和弯矩引起的应变 ε_M；也可采用邻臂桥路接法直接测出弯矩引起的应变 ε_M，接线如图 4-17（a）所示（图中 R_3、R_4 为应变仪固定电阻）；采用对臂桥路接法可直接测出轴向力引起的应变 ε_P，接线如图 4-17（b）所示（图中 R 为温度补偿块）。

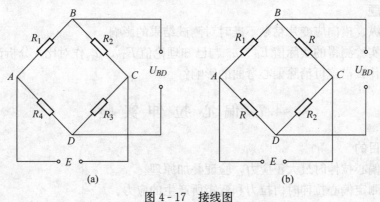

图 4-17　接线图

四、实验步骤

（1）设计好本实验所需的各类数据表格，见表 4-3 和表 4-4。

表 4-3　　　　　　　　　　　**试 件 相 关 数 据 表**

试　　件	厚度 h（mm）	宽度 b（mm）	横截面面积 $A_0=bh$（mm²）
截 面 Ⅰ			
截 面 Ⅱ			
截 面 Ⅲ			
平　　均			

弹性模量 $E=210\text{GPa}$

泊松比 $\mu=0.26$

偏心距 $e=10\text{mm}$

表 4 - 4			实　验　数　据				
载荷（N）	P	1000	2000	3000	4000	5000	
	ΔP	1000		1000		1000	1000
应变仪读数 $\mu\varepsilon$	ε_1						
	$\Delta\varepsilon_1$						
	平均值						
	ε_2						
	$\Delta\varepsilon_2$						
	平均值						

（2）测量试件尺寸。在试件标距范围内，测量试件三个横截面尺寸，取三处横截面面积的平均值作为试件的横截面面积 A_0。

（3）拟定加载方案。先选取适当的初载荷 P_0（一般取 $P_0 = 10\% P_{max}$ 左右），估算 P_{max}（该实验载荷范围 $P_{max} \leqslant 5000\text{N}$），分 4～6 级加载。

（4）根据加载方案，调整好实验加载装置。

（5）按实验要求接好线，调整好仪器，检查整个测试系统是否处于正常工作状态。

（6）加载。均匀缓慢加载至初载荷 P_0，记下各点应变的初始读数；然后分级等增量加载，每增加一级载荷，依次记录应变值 ε_P 和 ε_M，直到最终载荷。实验至少重复两次。

（7）做完实验后，卸掉载荷，关闭电源，整理好所用仪器设备，清理实验现场，将所用仪器设备复原，实验资料交指导教师检查签字。

五、实验结果处理

（1）求弹性模量 E

$$\varepsilon_P = \frac{\varepsilon_1 + \varepsilon_2}{2}$$

$$E = \frac{\Delta P}{A_0 \varepsilon_P}$$

（2）求偏心距 e

$$\varepsilon_M = \frac{\varepsilon_1 - \varepsilon_2}{2}$$

$$e = \frac{Ehb^2}{6\Delta P}\varepsilon_M$$

（3）应力计算

理论值

$$\left.\begin{array}{r}\sigma_{max} \\ \sigma_{min}\end{array}\right\} = \frac{\Delta P}{A_0} \pm \frac{6\Delta Pe}{hb^2}$$

实验值

$$\sigma_{max} = E(\varepsilon_P + \varepsilon_M)$$

$$\sigma_{min} = E(\varepsilon_P - \varepsilon_M)$$

4.8　悬 臂 梁 实 验

一、实验目的

测定悬臂梁上下表面的应力，验证梁的弯曲理论。

二、实验仪器设备与工具

（1）组合式材料力学多功能实验台中悬臂梁实验装置。

（2）静态数字电阻应变仪。

（3）游标卡尺、钢板尺。

三、实验原理与方法

将试件固定在实验台架上并在梁的上下表面分别粘贴上应变片 R_1、R_2，如图 4-18 所示，当对梁施加载荷 P 时，梁将产生弯曲变形，在梁内引起应力，通过电阻应变片传感器即可测得梁弯曲时上下表面变形量，通过静态数字电阻应变仪的应变显示窗口显示出来，从而可知悬臂梁上下表面的应力值。

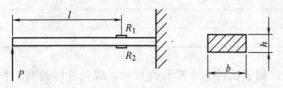

图 4-18　悬臂梁受力简图及应变片粘贴

因梁在纯弯曲时，同一截面的上下表面分别产生压应变和拉应变，且上下表面产生的拉压应变绝对值相等。由材料力学知识可知，梁横截面的正应力 σ 计算式为

$$\sigma = \frac{M}{W}$$

式中　M——弯矩；

　　　W——抗弯截面系数。

通过上式计算结果与实验值的比较以验证梁的弯曲理论。

四、实验步骤

（1）设计好本实验所需的各类数据表格（见表 4-5 和表 4-6）。

（2）测量悬臂梁的有关尺寸，确定试件有关参数。

（3）拟定加载方案。选取适当的初载荷 P_0，估算最大载荷 P_{max}（该实验载范围≤50N），一般分 4～6 级加载。

（4）实验采用多点测量中半桥单臂公共补偿接线法。将悬臂梁上两点应变片按序号接到电阻应变仪测试通道上，温度补偿片接电阻应变仪公共补偿端。

表 4-5　　　　　试件相关数据

梁的尺寸和有关参数	
梁的宽度	$b=$＿＿＿＿ mm
梁的厚度	$h=$＿＿＿＿ mm
载荷作用点到测试点距离	$L=$＿＿＿＿ mm
弹性模量	$E=210\text{GPa}$
泊松比	$\mu=0.26$

表 4-6　　　　　　　　　　　　实验数据

载荷 (N)	P		10	20	30	40	50	
	ΔP			10		10		10		10	
应变仪读数 $\mu\varepsilon$	R_1	ε_1						
		$\Delta\varepsilon_1$						
		平均值						
	R_2	ε_2						
		$\Delta\varepsilon_2$						
		平均值						

（5）按实验要求接好线，调整好仪器，检查整个测试系统是否处于正常工作状态。

（6）实验加载。用均匀慢速加载至初载荷 P_0。记下各点应变片初读数，然后逐级加载，每增加一级载荷，依次记录各点应变仪的 ε_i，直至终载荷。实验至少重复三次。

（7）做完实验后，卸掉载荷，关闭电源，整理好所用仪器设备，清理实验现场，将所用仪器设备复原，实验资料交指导教师检查签字。

五、实验结果处理

（1）理论计算

$$\sigma = \frac{M}{W} = \frac{6\Delta p}{bh^2}$$

（2）实验值计算

$$\sigma = E\bar{\varepsilon}$$

（3）理论值与实验值比较

$$\sigma = \frac{\sigma_{Th} - \sigma_R}{\sigma_{Th}} \times 100\%$$

第 5 章　光测弹性实验简介

　　光测弹性学方法是实验应力分析中经常使用的方法。现在对这一方法的特点及原理做一些简单介绍。

　　光测弹性学方法，简称光弹性法，是一种将光学与力学相结合进行应力分析的实验技术。从 1816 年布儒斯特（Devid Brewster）观察到透明非晶体材料的人工双折射现象算起，至今已经有近 200 年的历史。由于 19 世纪工业的发展，光学仪器和透明塑料的产生使这种方法得以应用和发展，从而形成了一门独立学科，同应变电测等其他实验应力分析技术相比，光弹性方法具有以下一些特点。

　　（1）光弹性是一种模型实验。当光弹性模型与实物（或称为原型）满足一定的相似关系时，无论是桥梁、水坝、飞行器、船舶、汽轮机等大型结构还是金刚砂、微机械零件、微电子器件、动物骨块等微小结构，经过比例缩放，都可以制作成便于进行光弹性实验分析的适当大小的模型。测取模型应力，然后按照相似关系换算成实物的应力。

　　（2）全场显示与分析。光弹性实验可以全场照明模型，得到反映全场应力分布的干涉条纹图，利用干涉条纹，能够迅速确定边界应力，并对全场应力进行分析，给出定量计算的结果。利用光弹性方法，可以测定形状及受力复杂结构的应力，不仅可以准确地分析平面问题，而且能够有效地解决三维问题。

　　（3）直观性强。在光弹性实验中，受力结构上应力分布的规律和特点可以通过干涉条纹的分布形象地显示出来。光弹性这种形象直观的特点，对于分析应力集中以及接触应力问题十分有利，不仅可以很容易地找到应力集中的部位，而且可以确定应力集中系数。光弹性实验还可以作为结构设计的辅助手段，例如，为了从强度的观点比较同一构件的不同设计方案，可以分别按每一设计方案制作光弹性模型，通过光弹性实验观察各个模型上的应力分布，从中选出最佳结构，也可以通过修改模型观察模型上应力分布的变化，达到优化设计的目的。

5.1　光学基本知识

一、自然光和平面偏振光

　　太阳光、白炽灯均可认为是自然光，它的特点是：①在垂直于光波传播方向的平面内，在任意方向上的振动几率相同，如图 5-1 所示；②由于光波是横波，光矢量的振动方向与光波进行的方向始终正交。

　　平面偏振光是指光矢量的横向振动只在一个平面内的光，在垂直于光传播方向的平面上，可以看到光矢量端点的轨迹为一直线，故又称线偏振光，如图 5-2 所示。

　　获得平面偏振光的元件有尼科尔棱镜（方解石晶体制成）和人造偏振片（二向色性偏振片），把偏振片所能通过的振动方向叫做偏振片的偏振轴。

　　当光矢量通过两个偏振方向一致的偏振片时，光强最大，称为明场；当光矢量通过两个偏振方向正交的偏振片，光完全被遮挡，称为暗场。明场和暗场是光弹性测试中的基本光场。

二、双折射

光在各向同性的晶体与在各向异性的晶体中的传播情况是不相同的。对于各向同性透明介质，例如不受力的玻璃，光的折射严格地遵循折射定律：折射光在其中的传播速度总是一个常数，不因传播方向改变而改变。所以当一束光入射一块不受力的玻璃后，出射时仍将是一束光。

而对于各向异性晶体，例如方解石，情形就要复杂得多，如图5-3所示，当一束光入射方解石时，出射的将是两束光，这种现象称为双折射。

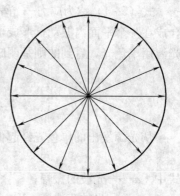

图5-1 自然光的振动

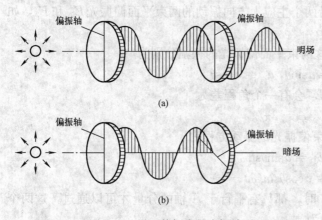

图5-2 平面偏振光的光振动

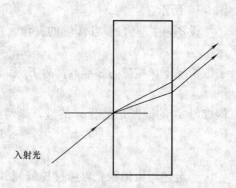

图5-3 各向异性晶体的双折射

5.2 应力—光学定律

当由光弹性材料制成的模型放在偏振光场中时，如模型不受力，光线通过模型后将不发生改变；如模型受力，将产生暂时双折射现象，即入射光线通过模型后将沿两个主应力方向分解为两束相互垂直的偏振光（见图5-4），这两束光射出模型后将产生一光程差方。实验证明，光程差 δ 与主应力差值 $(\sigma_1 - \sigma_2)$ 和模型厚度 t 成正比，即

$$\delta = Ct(\sigma_1 - \sigma_2) \tag{5-1}$$

式中 C ——模型材料的光学常数，与材料和光波波长有关。

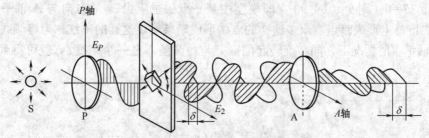

图5-4 受力模型的双折射现象

式（5-1）称为应力—光学定律，该定律是光弹性实验的基础。两束光通过检偏镜后将合成在一个平面内振动，形成干涉条纹。如果光源用白色光，看到的是彩色干涉条纹；如果光源用单色光，看到的则是明暗相间的干涉条纹。

5.3　等倾线和等差线

从光源发出的单色光经起偏镜 P 后成为平面偏振光，其波动方程为

$$E_P = a\sin\omega t$$

式中　a——光波的振幅；

　　　ω——光波角速度；

　　　t——时间。

E_P 传播到受力模型上后被分解为沿两个主应力方向振动的两束平面偏振光 E_1 和 E_2，如图 5-4 所示。

设 θ 为主应力 σ_1 与 A 轴的夹角，这两束平面偏振光的振幅分别为

$$a_1 = a\sin\theta, \ a_2 = a\cos\theta$$

一般情况下，主应力 $\sigma_1 \neq \sigma_2$，故 E_1 和 E_2 会有一个角程差为

$$\varphi = 2\pi/\lambda$$

假如沿 σ_2 的偏振光比沿 σ_1 的慢，则两束偏振光的振动方程为

$$E_1 = a\sin\theta\sin\omega t$$

$$E_2 = a\cos\theta\sin(\omega t - \varphi)$$

当上述两束偏振光再经过检偏镜 A 时，都只有平行于 A 轴的分量才可以通过，这两个分量在同一平面内，合成后的振动方程为

$$E = a\sin2\theta\sin\frac{\varphi}{2}\cos\left(\omega t - \frac{\varphi}{2}\right)$$

式中　E——一个平面偏振光，其振幅为 $A_0 = a\sin2\theta\sin\dfrac{\varphi}{2}$。

根据光学原理，偏振光的强度与振幅 A_0 的平方成正比，即

$$I = Ka^2\sin^2 2\theta\sin^2\frac{\varphi}{2} \tag{5-2}$$

由式（5-2）可以看出，光强 I 与主应力的方向和主应力差有关。为使两束光波发生干涉，相互抵消，必有 $I=0$，所以有：

（1）$a=0$，即没有光源，不符合实际。

（2）$\sin2\theta=0$，则 $\theta=0°$ 或 $90°$，即模型中某一点的主应力 σ_1 的方向与 A 轴平行（或垂直）时，在屏幕上形成暗点。众多这样的点将形成暗条纹，这样的条纹称为等倾线。在保持 P 轴和 A 轴垂直的情况下，同步旋转起偏镜 P 与检偏镜 A 任一个角度 α，就可得到 α 角度下的等倾线。

（3）$\sin\dfrac{\pi Ct(\sigma_1 - \sigma_2)}{\lambda} = 0$，即

$$\sigma_1 - \sigma_2 = \frac{n\lambda}{Ct} = n\frac{f_\sigma}{t} \ (n=1, 2, 3, \cdots) \tag{5-3}$$

式中　f_σ——模型材料的条纹值。满足上式的众多点也将形成暗条纹，该条纹上各点的主应力之差相同，故称这样的暗条纹为等差线。随着 n 的取值不同，可以分为 0 级等差线、1 级等差线、2 级等差线……

综上所述，等倾线能够给出模型上各点主应力的方向，而等差线可以确定模型上各点主应力的差（$\sigma_1 - \sigma_2$）。但对于单色光源而言，等倾线和等差线均为暗条纹，难免相互混淆。为此，在起偏镜 P 后面和检偏镜前面分别加入 1/4 波片 Q_1，和 Q_2，得到一个圆偏振光场，最后在屏幕上只出现等差线而无等倾线。

5.4　模型材料条纹值的测定

工程中的平面问题包括平面应力问题（即厚度方向的应力为零）和平面应变问题（即沿厚度方向应变为常数），这两类问题都可以用平板的光弹性模型分析，常称为平面光弹性。

制作光弹模型的材料，目前常用环氧树脂塑料或聚碳酸酯塑料。模型材料的条纹值 f，一般可利用式（5-4）求得

$$f = \frac{(\sigma_1 - \sigma_2)\delta}{n} \tag{5-4}$$

通过实验方法测定，只要能从理论上求出主应力的差值（$\sigma_1 - \sigma_2$），就可用上式测定条纹值。

一、具有中心圆孔的板受轴向拉伸时的条纹值

用平面光弹性确定应力集中系数非常方便，而且形象。图 5-5 所示为具有中心圆孔的板，受轴向均布拉伸应力的等差线条纹图，d 为板厚，b 为板宽，D 为圆孔的直径。可以看到孔边条纹密集。测出孔边最大的条纹级次 $n_{\max}$，则孔边最大应力为

$$\sigma_{\max} = \pm \frac{f_\sigma n_{\max}}{d}$$

设 σ_m 为平均应力，则应力集中系数 α_k 为

$$\alpha_k = \frac{\sigma_{\max}}{\sigma_m} = \frac{f_\sigma n_{\max}/d}{\dfrac{F}{(b-D)d}} = \frac{f_\sigma n_{\max}(b-D)}{F}$$

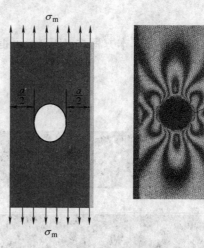

图 5-5　中心圆孔的板受轴向均布拉伸应力的等差线条纹图

二、对径受压圆盘的条纹值

对于图 5-6 所示的对经受压圆盘，由弹性力学可知，圆心处的主应力为

$$\sigma_1 = \frac{2F}{\pi Dt}, \quad \sigma_2 = \frac{6F}{\pi Dt}$$

代入光弹性基本方程式（5-4）可得

$$f_\sigma = \frac{t(\sigma_1 - \sigma_2)}{n} = \frac{8F}{\pi Dn}$$

对应于一定的外载荷 F，只要测出圆心处的等差线条纹级数 n，即可求出模型材料的条

纹值 f_σ。实验时，为了较准确地测出条纹值，可适当调整载荷大小，使圆心处的条纹正好是整数级。

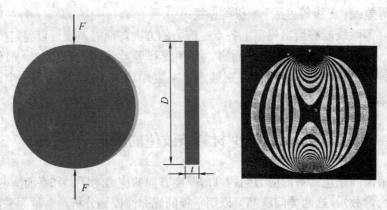

图 5-6　对经受压圆盘等差线图

三、用纯弯模型的条纹值 f

图 5-7 所示为纯弯模型的等差线图，因为中性层内的应力为零，即 $\sigma_1 - \sigma_2 = 0$，故与中性层重合的等差线为零级。由中性层向下（或向上）各条等差线的级数依次为 1、2、3、…。设最外层为 n 级，同时，最外层的应力又可算出为

$$\sigma_1 = \frac{6M}{\delta h^2}, \ \sigma_2 = 0$$

代入光弹性基本方程式（5-4）可得

$$f = \frac{6M}{nh^2}$$

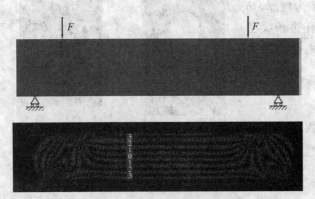

图 5-7　纯弯模型的等差线图

由于 h 是模型横截面的高度，M 可由已知载荷算出，n 可从等差线图上判定，这样，由上式就可求得 f。

若最外层等差线的级数 n 难以判定，可确定对中性层上下对称、级数为 n_i 的两条等差线（例如在图 5-7 中，$n_i = 3$ 的两条等差线），量出两者的距离为 h_i，与这一高度对应的应力应是

$$\sigma_i = \frac{6M}{n_i h^2} \cdot \frac{h_i}{h} = 0, \ \sigma_2 = 0$$

于是由方程式（5-4）可以求得

$$f = \frac{6M}{n_i h^2} \cdot \frac{h_i}{h}$$

第6章　实验误差分析和数据处理

6.1　实验误差分析

在进行材料力学实验时，不可避免的出现误差，误差的存在具有必然性和普遍性，随着测试手段的改进、测量环境的改善和测量者技术水平的提高，可以将误差控制得越来越小，但终究不能完全消除它。

一、误差来源

测量误差的来源是多方面的，归纳起来主要有下述几个方面。

1. 装置误差

装置误差是指在进行实验时所使用的测量设备或实验仪器本身固有的由各种因素的影响而产生的误差，如测量装置的结构、设计、所用元器件的性能，零部件材料的性能，加工制造和装配的技术水平等因素影响测量装置的技术指标而引入误差。

2. 环境误差

由于实验环境因素与规定的基准条件不一致而引起仪器的附加误差，及被测量本身的变化而产生的误差，如温度、湿度等因素所引起的误差。

3. 方法误差和理论误差

由于采用的测量原理不准确或测量方法不合理造成的误差称为方法误差。理论误差是指用近似的公式或近似值计算测量结果而引起的误差。

4. 操作误差

由于测量者的分辨能力、视觉疲劳、固有习惯或精神上的因素产生的一时疏忽等引起的误差。操作误差是由于人为因素造成的，要减小误差必须加强实验人员的工作责任心、技术水平等。

以上各种测量误差来源经常是联合起作用的，在进行误差分析时，必须进行认真全面分析，采取相应措施，以减小误差对测试结果的影响。

二、误差的分类

根据误差的性质与特点，误差可分为三大类。

1. 系统误差

在同一条件下，多次测量同一量值时，误差的绝对值和符号保持不变，或在测量条件改变时，按一定规律变化的误差称为系统误差。产生系统误差的原因是测试仪器或仪表本身的缺陷，使用方法不正确，测量者的不良习惯等。系统误差是有规律性的误差，通过分析可以减小或消除。

2. 随机误差

在相同条件下，对同一参量进行多次重复测量，其误差的数值和符号均是无规律变化的误差称为随机误差。随机误差的产生是由许多复杂的因素微小变化综合引起的。就一次测量而言，随机误差没有规律，不可估计和预测。当测量次数足够多时，其总体符合统计规律，大多数随机误差服从正态分布。所以，可通过数理统计的方法对随机误差进行估算，从而估计随机误差对测量结果的影响。

3. 粗大误差

粗大误差又称过失误差。粗大误差的发生，是由于测量者的疏忽大意，或因环境条件的突然变化而引起的，误差值一般比较显著。对确认含有粗大误差的测量数据，应予以剔除。

三、误差的表示

误差可用绝对误差和相对误差两种基本方式来表示。

1. 绝对误差

绝对误差就是某量值的测量值与真值（或约定真值）之差，一般所说的误差，就是绝对误差。由于实际测量值可能大于或小于被测量值的真值，故绝对误差可以为正值或负值。

2. 相对误差

相对误差是绝对误差与被测量的真值的比值，一般用百分比（%）表示。

四、误差对实验结果的影响

误差的存在会直接影响实验结果与真实值的接近程度。通常用于表示这种接近程度的量称为精度，它与误差大小是相对应的。即测量的精度越高，其测量误差就越小；反之，测量精度低，则测量误差大。

1. 系统误差和随机误差的影响

由于系统误差和随机误差的性质不同，对精度的影响表现在准确度和精密度两个方面。

（1）准确度。反映系统误差对实验结果的影响程度，表示测得值和真值的偏离程度。准确度高即表明系统误差小。

（2）精密度。表示测得值分布的密集程度，反映随机误差对测量结果的影响程度。精密度高即表明随机误差小。

系统误差和随机误差的综合误差决定测量的精度。精度在数量上可以用相对误差来表示。

2. 过失误差的影响

过失误差对实验结果的影响表现在对实验结果产生明显的歪曲，因而影响实验结果的可信度。在一个测量序列中，可能出现个别过大或过小的测定值，其中就包含有过失误差，也可能包含有巨大的随机误差。这种测定值，通常被称为异常数据。对异常数据的取舍必须持十分谨慎的态度，对于原因不明的异常数据，只能用统计学的准则决定取舍。

五、误差的处理

要根据具体原因尽可能的消除或减小误差，这里介绍几种常用的方法。

（一）系统误差的消除

1. 对称法

利用对称法进行实验可以消去由于载荷偏心等所引起的系统误差。如在做拉伸实验时，总是在试件两侧对称地装上引伸仪测量变形，取两侧变形的平均值来表示试件的变形，就可以消去载荷偏心的影响。

2. 校正法

经常对实验仪表进行校正，以减小因为仪表不准造成的系统误差。如电阻应变仪的灵敏系数度盘，应定期用标准应变模拟仪进行校准。

3. 增量法

增量法也就是逐级加载法。增量法可以避免某些系统误差的影响。如材料试验机如果有摩擦力 f（常量）存在，则每次施加于试件上的真力为 F_1+f，F_2+f，…，再取其增量 $\Delta F=(F_1+f)-(F_2+f)=F_1+F_2$，摩擦力 f 便消除了。

4. 用修正值消除系统误差

事先将测量仪器和设备的系统误差鉴定或计算出来，确定修正方式。利用修正表或修正曲线对实验结果加上相应的修正值以消除系统误差的影响，需要说明的是修正值本身包含有一定的误差，因此这种方法不可能将全部系统误差消除掉，对这种残留的系统误差应按随机误差进行处理。

另外，实验人员还应该提高自己的理论和业务水平，以减少由于操作方案选择不当、方法不正确或者实验习惯不良造成的实验误差，如电测实验中，采用合理的组桥方式即可消除温度对实验结果的影响和提高测量灵敏度。

（二）误差的估算

1. 相对误差与绝对误差的估算

在材料力学实验中，对于误差一般习惯于用相对误差表示，因为在衡量一个测量数据的精确度时，不能单独从误差的绝对值来考虑，例如，测量 1m 的长度时，有 1mm 的误差并不算坏的测量，但若测量 1cm 的长度有 1mm 的误差那就不理想了。

（1）已知理论值（设其值为 T），各次测量值的算术平均值为 $\bar{x}$，则相对误差为

$$\delta=\frac{T-\bar{x}}{T}\times 100\%$$

在验证理论的实验中多用上式表示。

（2）有时理论值未知，但测量结果本身的最大误差可根据仪器的精确度来确定，设其为 α，则

$$\delta=\frac{\alpha}{\bar{x}}\times 100\%$$

（3）在应力分析实验中，经过多次测量。设测量次数为 n，则根据误差理论，常用 n 次测量的平方根误差来表述算术平均值的绝对误差，其计算式为

$$\Delta_{SR}=\sqrt{\frac{\sum_{i=1}^{n}(x_i-\bar{x})^2}{n(n-1)}}$$

根据概率论原理，最优值为

$$T=\bar{x}+e\Delta_{SR}$$

这种表示意味着真值在 $(\bar{x}+e\Delta_{SR})$ 和 $(\bar{x}-e\Delta_{SR})$ 范围内的可能性较大，当 $e=0.674\,5$ 时，T 出现的概率为 50%，当 $e=3$ 时，T 出现的概率为 99.37%。

2. 间接测量误差的估计

在材料力学实验中，有些物理量，如弹性模量 E 不是直接测量到的，而是先测量横截面积 A，长度 L，载荷 P 及变形 ΔL，然后通过计算得到的。上述每个物理量在测量中都存在误差，由此必然导致弹性模量 E 也产生误差，这就是间接误差。所以我们需要根据各个量的直接误差来估计间接误差。

设有物理量

$$y = f(x_1, x_2, \cdots, x_n)$$

x_1、x_2、$\cdots$、x_n 是诸直接测得的独立物理量，每个物理量的绝对误差为 Δx_1、Δx_2、$\cdots$、Δx_n，因此引起物理量的绝对误差为

$$\Delta y = f(x_1 + \Delta x_1, x_2 + \Delta x_2, \cdots, x_n + \Delta x_n) - f(x_1 + x_2 + \cdots + x_n)$$

将上式根据泰勒公式展开并略去高阶微量，得

$$\Delta y = \frac{\partial f}{\partial x_1} \Delta x_1 + \frac{\partial f}{\partial x_2} \Delta x_2 + \cdots + \frac{\partial f}{\partial x_n} \Delta x_n$$

其相对误差为

$$\delta y = \frac{\Delta y}{y} = \frac{x_1}{y} \frac{\partial f}{\partial x_1} \frac{\Delta x_1}{x_1} + \frac{x_2}{y} \frac{\partial f}{\partial x_2} \frac{\Delta x_2}{x_2} + \cdots + \frac{x_n}{y} \frac{\partial f}{\partial x_n} \frac{\Delta x_n}{x_n}$$

式中，$\frac{\Delta x_1}{x_1}$、$\frac{\Delta x_2}{x_2}$、$\cdots$、$\frac{\Delta x_n}{x_n}$ 为各独立物理量的相对误差，记为 δx_1、δx_2、$\cdots$、δx_n，则

$$\delta y = \frac{x_1}{y} \frac{\partial f}{\partial x_1} \delta x_1 + \frac{x_2}{y} \frac{\partial f}{\partial x_2} \delta x_2 + \cdots + \frac{x_n}{y} \frac{\partial f}{\partial x_n} \delta x_n$$

下面由上式导出的给出几种常用函数相对误差公式。

（1）积的误差

$$y = x_1 \cdot x_2 \cdot \cdots \cdot x_n$$
$$\delta y = \delta x_1 + \delta x_2 + \cdots + \delta x_n$$

（2）商的误差

$$y = \frac{x_1}{x_2}$$
$$\delta y = \delta x_1 + \delta x_2$$

（3）幂函数的误差

$$y = x^n$$
$$\delta y = n\delta x$$

6.2　材料力学实验中常用的数据处理方法

实验中，被记录下来的一些原始数据还需经过适当的处理和计算才能反映出事物的内在规律或得出测量值，这种处理过程称数据处理。根据不同的需要，可以采取不同的数据处理方法。

一、图示法

实验数据可以用图像来表达，图像表达有曲线图、直方图、形态图、馅饼形图等形式，其中最常用的是曲线图和形态图。

1. 曲线图

曲线可以清楚、直观地显示两个或两个以上的变量之间关系的变化过程，或显示若干个变量数据沿某一区域的分布；曲线可以显示变化过程或分布范围中的转折点、最高点、最低点及周期变化的规律；对于定性分布和整体规律分析来说，曲线图是最合适的方法。作曲线图时应注意以下几点。

（1）通常是取横坐标作为自变量，取纵坐标作为因变量，自变量通常只有一个。因变量可以有若干个；一个自变量与一个因变量可以组成一条曲线，一个曲线图中可以有若干条

曲线；

（2）曲线必须以试验数据为根据，对试验时记录得到的连续曲线（如 x-y 函数记录仪记录的曲线、光线示波器记录的振动曲线等），可以直接采用，或加以修整后采用；对试验时非连续记录得到的数据和把连续记录离散化得到的数据，可以用直线或曲线顺序相连，并应尽可能用标记标出实验数据点。

2. 形态图

在试验时的各种难以用数值表示的形态，用图像表示，这类形态如低碳钢拉伸实验的横截面变形情况、压杆稳定实验的压杆失稳状态等，这种图像就是形态图。

3. 直方图

直方图的作用之一是统计分析，通过绘制某个变量的频率直方图和累积频率直方图来判断其随机分布规律；为了研究某个随机变量的分布规律，首先要对该变量进行大量的观测，然后绘制直方图。直方图的另一个作用是数值比较，把大小不同的数据用不同长度的矩形代表，可以得到一个更加直观的比较。

二、列表法

表格按其内容和格式可分为汇总表格和关系表格两类。汇总表格把试验结果中的主要内容或试验中的某些重要数据汇集于一表之中，起着类似于摘要和结论的作用，表中的行与行、列与列之间一般没有必然的关系；关系表格把数据按一定规律列成表格，可使物理量之间的一一对应关系简明、醒目，也有助于发现实验中的规律。列表时应注意：

（1）表格设计合理、简单明了，便于观察；

（2）各栏目中均应注明物理量的名称和单位；

（3）各量排列顺序尽量与测量顺序一致，用有效数字填写，特殊需要可以采用其他规律。

三、方程表示法

一组实验数据用上述方法表示后，有时还需要用一方程式或经验公式将数据表示出来，其优点是形式紧凑，而且便于进行微积分运算。

从实验数据找经验公式时，通常先将一组实验数据画图，根据图形和经验及解析几何原理，试求经验公式应有的形式，然后用实验数据去验证，若此形式不合适，则另立新的形式重新验证，直到满足为止。最简单的经验公式为直线式，因此，如有可能，应使函数形式取为直线式。

下面重点介绍一种实验中常用的线性拟合方法。

由实验采集的两个量之间有时存在明显的线性关系，如在碳钢拉伸实验的弹性阶段，拉力与伸长存在线性关系。在处理这样一组实验数据时，两个量的每对对应值都可确定一个数据点，当然可以参照这些数据点直接描出所需要的直线，但由于数据点的分散性，对同一组实验数据可能得到略微不同的直线，为确定最佳直线合理的方法就是把这组实验数据拟合成直线。

设实验中得到自变量和因变量的多组对应值为 x_i、y_i，其中 $i=1$、2、…、n，每一组 x_i、y_i 都可在 x-y 坐标图中找到相应的点，由一系列这样的点组成 x-y 坐标图称为散点图。如图 6-1 所示，点的分布大致成直线，可设 x、y

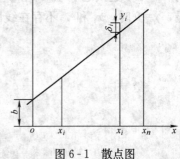

图 6-1　散点图

之间存在线性关系即

$$y = ax + b \qquad (6-1)$$

式中　b——直线在纵轴上的截距；

　　　a——直线的斜率。

实验中，一般以拉力、弯矩、扭矩等作为自变量 x，而对应的伸长、应变、转角作为应变量 y。在实验数据中 x_i 对应 y_i；在拟合直线上 x_i 对应 $(ax_i + b)$。两者之间的偏差为

$$\delta_i = y_i - ax_i - b \qquad (6-2)$$

根据最小二乘原理，当式（6-2）表示的偏差平方和为最小值时，则式（6-1）表示的直线为最佳直线。由式（6-2）得到偏差 δ_i 的平方和为

$$Q = \sum \delta_i^2 = \sum (y_i - ax_i - b)^2 \qquad (6-3)$$

要是 Q 最小则要求

$$\frac{\partial Q}{\partial a} = 0, \quad \frac{\partial Q}{\partial b} = 0 \qquad (6-4)$$

将式（6-3）代入式（6-4）可得

$$\sum x_i y_i - a \sum x_i^2 - b \sum x_i = 0 \qquad (6-5)$$

$$\sum y_i - a \sum x_i - nb = 0 \qquad (6-6)$$

由以上两式可得

$$a = \frac{\sum x_i \sum y_i - n \sum x_i \sum y_i}{(\sum x_i)^2 - n \sum x_i^2} \qquad (6-7)$$

$$b = \frac{\sum x_i y_i \sum x_i - \sum x_i^2 \sum y_i}{(\sum x_i)^2 - n \sum x_i^2} \qquad (6-8)$$

这样式（6-1）中的待定系数 a、b 即可确定，亦即完全确定了拟合直线。

将一组实验数据拟合成直线，并不能说明它们与"线性相关"的接近程度。为此需要引入相关系数 γ。

$$\gamma = \frac{D_{xy}}{\sqrt{D_{xx} D_{yy}}} \qquad (6-9)$$

$$\left. \begin{array}{l} D_{xx} = \sum x_i^2 - \dfrac{1}{n}(\sum x_i)^2 \\[2mm] D_{yy} = \sum y_i^2 - \dfrac{1}{n}(\sum y_i)^2 \\[2mm] D_{xy} = \sum x_i y_i - \dfrac{1}{n}\sum x_i \sum y_i \end{array} \right\} \qquad (6-10)$$

$|\gamma| \leqslant 1$。γ 越接近于 1，x_i 和 y_i 的关系越接近于直线，γ 越接近于 0，x_i 和 y_i 的关系越不明显，$\gamma = 0$ 时，x_i 和 y_i 不存在线性关系。

材料力学实验报告

学　　生＿＿＿＿＿＿＿＿＿＿＿

学　　号＿＿＿＿＿＿＿＿＿＿＿

专　　业＿＿＿＿＿＿＿＿＿＿＿

指导教师＿＿＿＿＿＿＿＿＿＿＿

实验时间＿＿＿＿＿＿＿＿＿＿＿

成　　绩＿＿＿＿＿＿＿＿＿＿＿

目　　次

材料力学实验操作流程

实验一 金属拉伸实验

启动实验设备：依次启动主机、打印机、电脑及其实验软件、液压夹具。

熟悉设备操作：主机操作、夹具操作、更换夹头、软件操作（新实验，已存报告预览等功能）。限位开关的调整，急停按钮的操作。

准备试件：取低碳钢和铸铁拉伸试件各一根（可通过对试件敲击声音来区分两种材料的试件）。

测量试件：测量试件的直径和长度，并且记录数据。

用刻线机刻线：$l_0 = 50\text{mm}$ 刻 5 等分，$l_0 = 100$ 刻 10 等分，注意：铸铁不用刻线或只刻标距线。

先进行低碳钢试件拉伸实验。

夹持试件：注意先夹上夹头，夹住后，力传感器清零后，再移动横梁，夹持下夹头。

试样保护：按下设备上"试样保护"按键，以消除试件夹持所产生的初始拉力。

位移清零：注意力值不再清零。

选择"新实验"：在软件菜单上选择"新实验"。

选择试验方案：选择"金属拉伸试验方案"，注意查看试验方案参数。

试件参数：输入试件直径和标距长度并且记录数据。

开始实验：点击"实验运行"按钮，开始实验。

观察曲线：注意观察曲线变化过程，直到实验自动结束。

曲线分析：使用曲线自动分析功能，观察曲线各特征点及其力值的大小。

取下试件：注意观察断裂面形状及特点。

测量最小截面直径：并且计算截面积，用来计算断面收缩率。

测量标距范围内的长度：测量标距范围内的长度，用来计算延伸率。

修改参数：双击"试件参数"栏，选中"修改参数"开关，补充输入断裂面最小截面积，输入断裂后试件标距内的长度，输入后点击"应用"按钮确认。

生成报告：点击"生成报告"按钮，生成实验报告。

打印实验报告：可以选择"力—位移"曲线和"应力—应变"曲线，一般选择"力—位移"。

低碳钢拉伸实验结束。

再进行铸铁拉伸实验。

夹持试件：注意先夹上夹头，夹住后，力传感器清零后，再移动横梁，夹持下夹头。

试样保护：按下设备上"试样保护"按键，以消除试件夹持所产生的初始拉力。

位移清零：注意力值不再清零。

选择"新实验"：在软件菜单上选择"新实验"。

选择试验方案：选择"金属拉伸试验方案"，查看试验方案参数。

输入试件参数：输入试件直径和标距长度并且记录数据。

开始实验：点击"实验运行"按钮，开始实验。

观察曲线：注意观察曲线变化过程，直到实验自动结束。

曲线分析：使用曲线自动分析功能，观察曲线各特征点及其力值的大小。

取下试件：注意观察断裂面形状及特点。

生成报告：点击"生成报告"按钮，生成实验报告。

打印实验报告：可以选择"力—位移"曲线和"应力—应变"曲线。

铸铁拉伸实验结束。

关闭液压夹具电源。

实验二　金　属　压　缩　实　验

准备试件：取低碳钢和铸铁压缩试件各一根（要提前区分开两种材料的试件，现场很难区分）。

测量试件：测量试件的直径和长度，并且记录数据。

先进行低碳钢压缩实验。

安放试件：要注意放到压缩夹具最中央，注意活动横梁位置调整操作，要求夹块与试件刚好挨上。若低碳钢压缩试件夹持时产生的过大初始力，则会使试件丧失屈服点。

位移清零：点击"位移清零"按钮。

选择"新实验"：在软件菜单上选择"新实验"。

选择试验方案：选择"金属压缩试验方案"，查看试验方案参数选择。

输入试件参数：输入试件直径和标距长度并且记录数据。

开始实验：点击"实验运行"按钮，开始实验。

观察曲线：注意观察变化过程，并注意屈服点。当位移达到 8mm 左右时手动结束实验。

曲线分析：使用曲线自动分析功能，观察曲线各特征点及其力值的大小。

取下试件：注意观察被压缩屈服后的试件的形状及特点（试件被压成鼓形）。

生成报告：点击"生成报告"按钮，生成实验报告。

打印实验报告：可以选择"力—位移"曲线和"应力—应变"曲线。

低碳钢压缩实验结束。

再进行铸铁试件的压缩实验。

安放试件：要注意放到压缩夹具最中央，注意活动横梁位置调整操作，要求夹块与试件刚好挨上。

位移清零：点击"位移清零"按钮。

选择"新实验"：在软件菜单上选择"新实验"。

选择试验方案：金属压缩实验，查看试验方案参数。

输入试件参数：输入试件直径和标距长度并且记录数据。

开始实验：点击"实验运行"按钮，开始实验。

观察曲线：注意观察曲线变化过程，直到实验自动结束。

曲线分析：使用曲线自动分析功能，观察曲线各特征点及其力值的大小。

取下试件：注意观察断裂面形状及特点。

生成报告：点击"生成报告"按钮，生成实验报告。

打印实验报告：可以选择"力—位移"曲线和"应力—应变"曲线。

铸铁试件压缩实验结束。

实验三　低碳钢弹性模量测定实验

准备试件：取低碳钢拉伸试件一根。

测量试件：测量试件的直径和长度，并记录数据。

选择引伸计：$l_0 = 50\text{mm}$ 与 $l_0 = 100\text{mm}$ 的试件分别要选择标距为 50mm 和 100mm 引伸计。

安装引伸计：先将传感器插入设备的引伸计端口上，再用橡皮筋将引伸计固定到试样标距位置。

夹持试件：注意先夹上夹头，夹住后，力传感器清零后，再移动横梁，夹持下夹头。

试样保护：按下设备上"试样保护"按键，以消除试件的初始拉力。

位移清零：点击"位移清零"按钮。

选择"新实验"：在软件菜单上选择"新实验"。

选择试验方案："金属室温拉伸试验方案"，查看试验方案。

输入试件参数：输入试件直径、原始标距长度、引伸计标距长度并且记录数据。

开始实验：点击"实验开始"按钮，开始实验。

观察曲线：注意观察变化过程，在引伸计切换点取下引伸计，再继续实验，直到实验自动结束。注意当试件开始屈服后，可以手动提前结束实验。

曲线分析：使用曲线自动分析功能，观察曲线各特征点及其力值的大小。

取下试件：注意取下试件前应先取下引伸计，以防止引伸计跌落损坏。

生成报告：点击"生成报告"按钮，生成实验报告。

打印实验报告：可以选择"力—位移"曲线和"应力—应变"曲线。

弹性模量实验结束。

实验四　金 属 扭 转 实 验

启动实验设备：先启动主机，再启动电脑，最后启动软件。

熟悉设备操作：熟悉金属扭转试验机操作主机的操作和软件的操作方法。

准备试件：取低碳钢和铸铁扭转试件各一根。

测量试件：测量试件的直径和长度，并且记录数据。

先进行低碳钢试件的扭转实验。

安装扭角测量附件：先在试件上安装扭角测量圆盘。

夹持试件：安装并夹紧试件。

安装扭角传感器：将扭角传感器安放到正确位置。

试样保护：按下设备上"试样保护"按钮，以消除试件的初始应力。

扭角清零：点击"扭角清零"按钮。

选择"新实验"：在软件菜单上选择"新实验"。

选择试验方案：选择"ϕ10 扭转试验方案"。

输入试件参数：标距长度 100mm。

开始实验：点击"运行"按钮开始实验，注意在试件进入屈服阶段后，可适当加快旋转速度。

观察曲线：注意观察曲线变化过程，直到实验自动结束。

曲线分析：使用曲线自动分析功能，观察曲线各特征点及其力值的大小。

取下试件：注意观察断裂面形状及特点。

生成报告：点击"生成报告"按钮，生成实验报告。

打印实验报告：可以选择"扭矩—角位移"曲线和"切应力—切应变"曲线。

低碳钢试件的扭转实验结束。

下面进行铸铁试件的扭转实验。

安装扭角测量附件：先在试件上安装扭角测量圆盘。

夹持试件：安装并夹紧试件。

安装扭角传感器：将扭角传感器安放到正确位置。

试样保护：按下设备上"试样保护"按键，以消除试件的初始应力。

扭角清零：点击"扭角清零"按钮。

选择"新实验"：在软件菜单上选择"新实验"。

选择试验方案：选择"ϕ10 扭转试验方案"。

输入试件参数：标距长度 100mm。

开始实验：检查无误后，点击"运行"按钮开始实验。

观察曲线：注意观察曲线变化过程，直到实验自动结束。

曲线分析：使用曲线自动分析功能，观察曲线各特征点及其力值的大小。

取下试件：注意观察断裂面形状及特点。

生成报告：点击"生成报告"按钮，生成实验报告。

打印实验报告：可以选择"扭矩—角位移"曲线和"切应力—切应变"曲线。

铸铁试件的扭转实验结束。

实验五　纯弯曲梁的正应力实验

设备连接：连接静态电阻应变仪的电源线、力传感器数据线，并将电阻应变片连线连接到静态电阻应变仪上。

启动实验设备：启动电阻应变仪，应先预热 20min 后再开始实验。

熟悉设备操作：材料力学多功能实验装置包括两大部分：实验台（加载部分）和静态应变仪（应变测量部分）。

调整设备：按尺寸调整梁的支座位置。

应变清零：按下应变仪上"自动平衡"按钮。

力值清零：按下应变仪上"力值清零"按钮。注意：力的单位必须是 N，而不是 kg。

逐级加载：用手轮细心缓慢加载，以 500N 为增量，一直加到 3000N，并记录每次增量时的 5 个点的应变数据。

实验结束：数据记录完成后，实验结束。

卸载。

实验六　低碳钢和铸铁材料抗拉、抗压、抗剪性能的比较分析实验

（参考第 3 章 3.5）

注：以上实验操作流程中，实验一、实验二、实验三所使用的设备是 300kN 微机控制电子拉伸万能材料试验机［见本书图 2-3（a）］；实验四所使用的设备是微机控制扭转试验机（见本书图 2-7）；实验五所使用的设备是材料力学多功能实验台（见本书图 4-8）和七窗显示静态应变仪（见本书图 4-4）。

实验一 金属拉伸实验

实验日期_____年___月___日

实验者_____同组成员_____指导教师（签字）_____

一、实验目的

二、实验设备（规格、型号）

三、实验记录及数据处理

1. 测定低碳钢拉伸时的力学性能

试 样 尺 寸	实 验 数 据

实验前：
 	
    标　　　距　　$l=$_____ mm
    直　　　径　　$d=$_____ mm
    横截面面积　　$A=$_____ mm²
 	
实验后：
 	
    标　　　距　　$l_1=$_____ mm
    最 小 直 径　　$d_1=$_____ mm
    横截面面积　　$A_1=$_____ mm²
	屈 服 载 荷　$F_s=$_____ kN
	最 大 载 荷　$F_b=$_____ kN
	
	屈 服 应 力　$\sigma_s=\dfrac{F_s}{A}=$_____ MPa
	
	抗 拉 强 度　$\sigma_b=\dfrac{F_b}{A}=$_____ MPa
	
	伸 长 率　$\delta=\dfrac{l_1-l}{l}\times100\%=$____
	
	断面收缩率　$\psi=\dfrac{A-A_1}{A}\times100\%=$____

试 样 草 图	拉 伸 曲 线
实验前： 实验后：	

2. 测定灰铸铁拉伸时的力学性能

试 样 尺 寸	实 验 数 据
实验前： 直　　径　$d=$ _____ mm 横截面面积　$A=$ _____ mm^2	最 大 载 荷　$F_b=$ _____ kN 抗 拉 强 度　$\sigma_b=\dfrac{F_b}{A}=$ _____ MPa
试 样 草 图	拉 伸 曲 线
实验前： 实验后：	

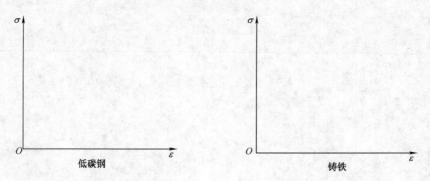

四、实验要求

1. 将电脑绘制的曲线分别贴在 77 页和 79 页背面。

2. 仔细比较分析低碳钢和铸铁失效形式的不同之处和原因。

3. 画出应力—应变简图，并在图中标出比例极限 σ_p、屈服极限 σ_s、弹性极限 σ_e、强度极限 σ_b。

五、结果分析及问题讨论

实验二 金属压缩实验

实验日期_____年____月____日

实验者_____同组成员_____指导教师（签字）_____

一、实验目的

二、实验设备（规格、型号）

三、实验记录及数据处理

材料	低 碳 钢		灰 铸 铁	
试样尺寸	$d=$_____ mm, $A=$_____ mm²		$d=$_____ mm, $A=$_____ mm²	
	实验前	实验后	实验前	实验后
试样草图				
实验数据	屈服载荷 $F_s=$_____ kN 屈服应力 $\sigma_s=\dfrac{F_s}{A}=$_____ MPa		最大载荷 $F_{bc}=$_____ kN 抗压强度 $\sigma_{bc}=\dfrac{F_{bc}}{A}=$_____ MPa	
压缩曲线				

四、实验要求

1. 将电脑绘制的曲线分别贴在 81 页和 83 页背面。

2. 仔细比较分析低碳钢和铸铁失效形式的不同之处和原因。

3. 画出应力—应变简图，并在图中标出比例极限 σ_p、屈服极限 σ_s、弹性极限 σ_e、强度极限 σ_b。

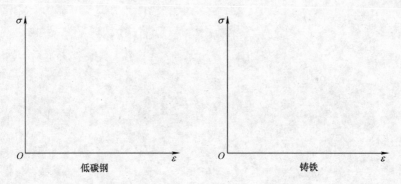

五、结果分析及问题讨论

实验三 低碳钢弹性模量测定实验

实验日期_____年___月___日

实验者_____同组成员_____指导教师（签字）_____

一、实验目的

二、实验设备

1. 试验机名称及型号：

   精度：

2. 量具名称：

   精度：

3. 引伸计名称：

   精度：

三、实验记录及数据处理

试 样 尺 寸	实 验 数 据
实验前： 标　　距　　$l=$_____ mm 直　　径　　$d=$_____ mm 横截面面积　$A=$_____ mm^2	实验终止时的载荷：$F=$_____ kN 实验终止时的应力：$\sigma_s=\dfrac{F_s}{A}=$_____ MPa
试 样 草 图	拉 伸 曲 线
实验前： 实验后：	

四、实验要求

1. 将电脑绘制的曲线分别贴在 85 页和 87 页的背面。

2. 画出应力—应变简图，并在图中标出比例极限 σ_p、弹性极限 σ_e、屈服极限 σ_s。

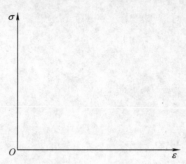

五、实验结果

六、回答问题

1. 测量材料的弹性模量 E 时，为什么要当材料一旦达到屈服极限，迅速地将引伸计卸下，并停止实验？

2. 本实验的拉伸曲线与其他实验的曲线有什么不同？

3. 本实验能引起误差的原因有哪些？

实验四 金 属 扭 转 实 验

实验日期_____年____月____日

实验者_____同组成员_____指导教师（签字）_____

一、实验目的

二、实验设备（规格、型号）

三、低碳钢和灰铸铁扭转实验记录及数据处理

材料	低 碳 钢	灰 铸 铁
试样尺寸	$d=$____ mm, $W_\mathrm{p}=\dfrac{\pi d^3}{16}=$____ mm³	$d=$____ mm, $W_\mathrm{p}=\dfrac{\pi d^3}{16}=$____ mm³
扭断后的试样形状		
实验数据	屈 服 扭 矩 $T_\mathrm{s}=$_____ N·m 最 大 扭 矩 $T_\mathrm{b}=$_____ N·m 屈 服 切 应 力 $\tau_\mathrm{s}=\dfrac{3}{4}\dfrac{T_\mathrm{s}}{W_\mathrm{p}}=$_____ MPa 抗 切 强 度 $\tau_\mathrm{b}=\dfrac{3}{4}\dfrac{T_\mathrm{b}}{W_\mathrm{p}}=$_____ MPa	最 大 扭 矩 $T_\mathrm{b}=$_____ N·m 抗 切 强 度 $\tau_\mathrm{b}=\dfrac{T_\mathrm{b}}{W_\mathrm{p}}=$_____ MPa
扭转曲线		

续表

材料	低 碳 钢	灰 铸 铁
应力 应变 曲线	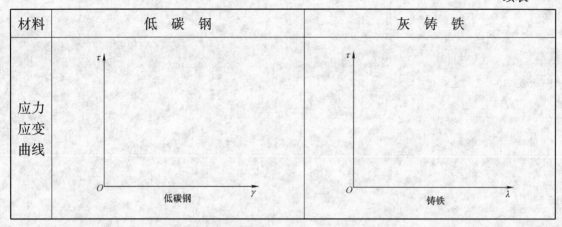	

四、剪切实验（选做）

测定低碳钢和灰铸铁在压缩剪切时的力学性能，将实验记录及数据处理结果填入下表，并与扭转时所测得的剪切极限作比较。

材 料	试 样 尺 寸		最大载荷 F_b （kN）	抗切强度 $\tau_b = \dfrac{F_b}{2A}$ （MPa）
	直径 d （mm）	横截面面积 A （mm^2）		
低 碳 钢				
灰 铸 铁				

五、实验要求

将电脑绘制的曲线分别贴在 89 页和 91 页的背面。

六、回答问题

1. 用应力状态理论分析铸铁与低碳钢的扭断面为何不同？

2. 铸铁与低碳钢的扭转曲线图有什么不同？

实验五　纯弯曲梁的正应力实验

实验日期_____年___月___日

实验者_____同组成员_____指导教师（签字）_____

一、实验目的

二、实验设备名称及型号

三、梁的受力简图（参考图4-9）

四、实验记录

1. 基本数据

应变片至中性层距离（mm）		梁的尺寸和有关参数	
y_1	-20	宽　度　$b=20$mm	
y_2	-10	高　度　$h=40$mm	
y_3	0	跨　度　$L=600$mm	
y_4	10	载荷距离　$a=125$mm	
y_5	20	弹性模量　$E=210$GPa	
		泊松比　$\mu=0.26$	
		惯性矩　$I_z=bh^3/12=1.067\times10^{-7}$m^4	

2. 实验数据（填写在下页实验数据表中）

五、实验结果处理

1. 实验值与理论值的比较

测　点	理论值 σ_{Thi}（MPa）	实际值 σ_{Ri}（MPa）	相对误差
1			
2			
3			
4			
5			

实 验 数 据 表

载荷 N		P	500	1000	1500	2000	2500	3000
		ΔP	500		500		500		500		500	
各点 电阻 应变仪 读数 $\mu\varepsilon$	1	ε_P						
		$\Delta\varepsilon_P$						
		平均值						
	2	ε_P						
		$\Delta\varepsilon_P$						
		平均值						
	3	ε_P						
		$\Delta\varepsilon_P$						
		平均值						
	4	ε_P						
		$\Delta\varepsilon_P$						
		平均值						
	5	ε_P						
		$\Delta\varepsilon_P$						
		平均值						

2. 实验应力 σ_{Ri} 与理论应力 σ_{Thi} 的计算方法

因 $1\mu\varepsilon=10^{-6}\varepsilon$，所以各点实验应力为 $\sigma_{Ri}=E\varepsilon_{Ri}=E\times\Delta\varepsilon_i\times10^{-6}$。

$\Delta P=500$N，弯矩增量 $\Delta M=a\cdot\Delta P/2=31.25$N·m。

各点理论值应力为

$$\sigma_{Thi}=\frac{\Delta M y_i}{I_z}$$

3. 根据实验结果画出梁横截面上正应力分布图

六、结果讨论及误差分析

实验六　低碳钢和铸铁材料抗拉、抗压、抗剪性能的比较分析实验

实验日期_____年____月____日

实验者_____同组成员_____指导教师（签字）_____

一、实验目的（本实验为设计性实验）

通过适当的实验安排，研究低碳钢和铸铁材料抗拉、抗压和抗剪能力之间的关系。

二、实验方案

三、实验过程及理论分析

四、最终结论

附录Ⅰ 电阻应变片的粘贴

电测应力分析中，构件表面的应变通过黏结层传递给应变片。测量数据的可靠性很大程度上依赖于应变片的粘贴质量。这就要求黏结层薄而均匀，无气泡，充分固化，既不产生蠕滑又不脱胶。应变的粘贴全由手工操作，要达到位置准确，质量优良，全靠反复实践积累经验。应变片的粘贴工艺包括下列几个过程。

1. 应变片的挑选

应变片的丝栅或箔栅要排列整齐无弯折，无锈蚀斑痕，底基不能有局部破损。经筛选后的同一批应变片（包括应变片和补偿片），要用数字万用表或电桥逐片测量电阻值，按多数应变仪和预调平衡的要求，其电阻值相差不应超过 0.5Ω。

2. 试样表面处理

为使应变片粘贴牢固，试样粘贴应变片的部位要进行表面处理，首先清除表面的油漆、氧化皮和污垢、打磨锈斑，除去油污。可用刀刮除，然后用砂轮将表面打平（或用锉刀锉平），再用 0 号或 1 号砂布磨光，表面粗糙度 Ra 值达到 6.3、3.2 即可。若表面过于光滑，还要用 0 号或 1 号砂布沿与电阻片纵向线成 $45°$ 的方向打出一些交叉纹路，打磨面积约为电阻应变片的 3～5 倍。贴片前，用蘸有丙酮的药棉或纱布清洗试样的打磨部位，直至药棉上不见污渍为止。清洗后的表面不可再用手摸或接触任何东西，待丙酮挥发后，表面干燥，方可进行贴片。

3. 应变片粘贴

在粘贴应变片之前，应划线定位。用划针在打磨好的表面上沿贴片方位轻轻划出坐标线，即贴片方位线，定出测点的确切位置。

常温应变片的黏结剂有 502（或 501）快干剂、环氧树脂胶、酚醛树脂胶等。在应用 502 黏结剂贴片时，先在电阻片底面涂上一层薄而均匀的胶水，以手指捏住（或镊子钳住）应变片的引出线，然后快速放在试样贴片位置上，注意使应变片基准线对准刻于试样上的方位线（有的黏结剂则要在构件上涂一层底胶），再盖上聚氯乙烯透明薄膜（或玻璃纸），用拇指沿应变片轴线朝一个方向滚压，手感由轻到重（注意：只能是垂直压力，不要有旋转和错动，不要用力过大，以免电阻片移动位置或将引出线拉断），挤出气泡和多余的胶水，保证黏结层尽可能薄而均匀，且避免应变片滑动或转动。必要时加压 1～2min，使应变片粘牢。经过适宜的干燥时间后，轻轻揭去聚氯乙烯薄膜，观察粘贴情况。如在敏感栅部位有气泡，应将应变片铲除，重新清理，重新贴片。若敏感栅部位粘牢，只是基底边缘翘起，则主要在这些局部补充粘贴即可，操作时，手指要保持干净。若是在寒冷或潮湿的环境下贴片，贴片前，最好用电吹风的热风使试样贴片部位加热至 30～40℃。

应变片粘贴后要待黏结剂完全固化才可使用。不同种类的黏结剂固化要求各异。502 胶可自然固化，需在室温下干燥 1～2h，但加热到 50℃ 左右可加速固化。酚醛树脂胶则必须加热才能固化。加热一般用恒温箱、反射炉、红外线灯或电吹风等，用红外线灯（温度 700℃ 左右）烘烤时，需数小时，使电阻片与试件之间的绝缘电阻大于 $100M\Omega$。黏结剂固化前，用镊子把应变片引线拉起，使它不与试样接触。

4. 导线的连接和固定

干燥后用万用表检查电阻片是否断线。然后将导线与电阻片引出线焊牢，焊接前必须设法将导线固定在试件上，以免电阻片引出线因受力而拉断。焊接时严防接触不良、假焊等现象。连接应变片和应变仪的导线，一般可用聚氯乙烯双芯多股铜导线或丝包漆包线。在强磁场环境中测量最好用多股屏蔽线，水下测量的塑料导线的外皮不能有局部损伤。导线与应变片引出线的连接最好用接线端子片作为过渡，如图 1 所示。接线端子片用 502 胶固定在试样

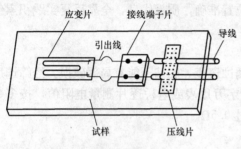

图 1　应变片粘接工艺

上，导线头和接线端子片的铜箔都预先挂锡，然后将应变片引出线和导线焊接在端子片上。也可把应变片引出线直接缠绕在导线上，然后上锡焊接，并在焊锡头与试样之间用涤纶绝缘胶带隔开。不论用何种方法连接都不能出现"虚焊"。最后，将压线片（不锈钢箔）用点焊机焊在试样上，以固定导线，也可用胶布代替压线片将导线固定在试样上。

5. 应变片粘贴工艺的质量检查

贴片质量的好坏是电测成败的关键，这需要熟练的粘贴技术，还需要外观质量和内在质量的保证。电阻片粘贴后，应进行全面检查。

（1）外观质量。粘贴于构件上的应变片，应是胶层薄而均匀，透过敏感栅黏结剂具有透明感。黏结剂太少，粘贴时滚压不当，敏感栅部位将形成气泡；黏结剂太多则会造成应变片局部隆起，而应变片发生折皱和局部隆起等都是不允许的，应铲除重贴。应变片引出线不能粘于构件上。引出线与连接导线直接焊接，焊点应光亮饱满，引出线不能外露。

（2）内在质量。应变片粘贴完成后，用数字万用表测量其电阻值。贴片前后应变片的电阻应无较大变化。如有较大变化，说明粘贴时应变片受过折皱，最好重贴。黏结剂固化后，用低压兆欧表测量引线与构件间的绝缘电阻。短期测量使用的应变片，绝缘电阻要求为 50～100MΩ，长期测量或高湿度环境或水下测量，绝缘电阻要求在 500MΩ 以上。绝缘电阻的高低是应变片粘贴质量的重要指标，绝缘电阻偏低，应变片的零飘、蠕变、滞后都较严重，将引起较大的测量误差。黏结剂未充分固化也会引起绝缘电阻偏低，可用电吹风加热以加速固化。导线焊接后，应再一次测量电阻值和绝缘电阻。由于导线的电阻，使测出的电阻值略有增加是正常的。但如读数漂移不定，一般是焊接不良所致，应重新焊接。导线连接后的绝缘电阻如发现低于导线连接以前的值，一般是接线端子片底基被烧穿引起的，应更换接线端子片。

（3）质量的综合评定。应变片粘贴工艺质量最终应由实测时的表现来评定。应变仪是高灵敏度的仪器，应变片接入应变仪后，那些通过外观检查、万用表测定都难以发现的隐患皆将暴露无遗，诸如：由于电阻值变化太大使电桥无法平衡；由于虚焊或绝缘电阻过低产生的漂移；由于气泡等原因，当以橡皮软件轻压应变片敏感栅时，引起应变指示的较大变化等。这些缺陷都应在正式测量之前，采取措施消除。

6. 应变片的防潮保护

粘贴好的应变片，如长期暴露于空气中，会因受潮降低黏结牢度，减小绝缘电阻，严重的会造成应变片剥离脱落，因此应敷设防潮保护层。

常温下的防潮剂有中性凡士林，703、704、705 硅橡胶，环氧树脂，石蜡等。中性凡士林使用简便，但因易于揩掉，难以起长期保护作用；硅橡胶固化后有一定弹性，环氧树脂固化后较为坚硬，都是良好的防潮保护剂；石蜡防潮剂能长期防潮，按重量比的配方是：石蜡 75%、松香 20%、凡士林 5%，把配好的混合物加热熔化，蒸发水分，搅拌均匀，冷却到 60℃左右即可使用。

防潮保护层涂敷之前，可把涂敷部位加热至 40～50℃，以保证黏结良好。保护层厚为 1～2mm，周边超出应变片 10～20mm，最好将焊锡头、接线端子等都埋入防潮保护剂中。

附录Ⅱ　单位换算表

公制单位（CGS）	国际单位（SI）	公制单位（CGS）	国际单位（SI）
1kg（公斤力）	9.8N（牛）	1kg·m（功、能）	9.807J（焦耳）
1t（吨力）	9.807kN（千牛）	102kg·m/s	1kW（千瓦）
1kg/cm^2	0.098 07MPa	1r/min（转/分）	1/60 r/s
1000kg/cm^2	98.07MPa	1kg/mm^2	9.807MPa
10^{6}kg/cm^2	98.07GPa	1kg/mm^3	9.087×10^{3}MN/m^3
1kg/m	9.807N/m	1kg/mm$^{3/2}$	0.310MN/m$^{3/2}$
1kg·m	9.807N·m		

附录Ⅲ 有效数后第一位数的修约规则

计算面积、截面系数、应力、应变等几何量或物理量时，一般根据精度要求确定有效数位数，有效数后的第一位数的进舍，按 GB/T 8170—2008《数值修约规则》处理。力学性能试验结果报告中，应在数值修约后，再按试验标准的要求，修约为整数单位或非整数单位。

1. 数值修约规则——四舍六入五单双规则

有效数末位以后的第一位数为 4（含 4999…）或 4 以下的数时，舍去（即拟保留的末位数不变）；为 6 或 6 以上的数时，进 1（即拟保留的末位数字加 1）。如有效数以后的第一位数为 5，且 5 以后的数并非皆为零则进 1；5 以后的数皆为零且有效数的末位为偶数（含 0 数），舍去；若 5 以后的数皆为零但有效数的末位为奇数则进 1。

例如，把下列的数修约为保留四位有效数

修约前　78.545 01　37.035 00　5.246 499　314.850 0　0.827 66

修约后　78.55　　　37.04　　　5.246　　　314.8　　　0.828

2. 所拟舍去的数多于两位数以上时，不得连续进行多次修约

例如，把 35.454 7 修约为整数。正确结果为 35，连续多次修约结果为 36（不正确）。

附录Ⅳ　材料力学性能测试常用国家标准
及其适用范围

序号	标准名称	标准编号	适用范围
1	金属拉伸试验试样	GB/T 228—2002	适用于测定黑色和有色金属材料的通用拉伸试样和无特殊要求的棒材、型材、板（带）材、线（丝）材、铸件、压铸件及锻压件的试样
2	金属拉伸试验方法	GB/T 228—2002	适用于测定金属材料在室温下拉伸的规定非比例伸长应力、规定总伸长应力、规定残余伸长应力、屈服点、上屈服点、下屈服点、抗拉强度、屈服点伸长率、最大应力下的总伸长率、最大力下的非比例伸长率、断后伸长率和断面收缩率
3	金属杨氏模量、弦线模量、切线模量和泊松比试验方法（静态法）	GB/T 8653—1988	适用于室温下用静态法测定金属材料弹性状态的杨氏模量、弦线量、切线模量和泊松比
4	金属薄板和薄带拉伸应变硬化指数（n值）试验方法	GB/T 5028—1999	适用于厚度在 0.1～6mm 范围内、真实应力和真实应变服从 $\sigma = K\varepsilon^n$ 金属薄板材料，在室温下测定应变硬化指数 n 值的单轴拉伸试验
5	金属压缩试验方法	GB/T 7314—2005	适用于制作金属材料压缩试样和测定金属材料在室温下单向压缩的规定非比例压缩应力、规定总压缩应力、屈服点、弹性模量及脆性材料的抗压强度
6	金属扭转试验方法	GB/T 10128—2007	适用于测定金属材料在室温下扭转的切变模量、规定非比例扭转应力、屈服点、上屈服点、下屈服点、抗扭强度、最大非比例切应变
7	金属弯曲力学性能试验方法	YB/T 5349—2006	适用于测定脆性和低塑性断裂金属材料弯曲弹性模量、规定非比例弯曲应力、规定残余弯曲应力、抗弯强度、断裂挠度和弯曲断裂能量
8	金属布氏硬度试验方法	GB/T 231.1—2002	适用于金属布氏硬度在 650HBW 或 450HBS 以下的测定
9	金属洛氏硬度试验方法	GB/T 230.1—2004	适用于金属洛氏硬度（A、B标尺和C标尺）的测定
10	金属表面洛氏硬度试验方法	GB/T 230.1—2004	适用于金属表面洛氏硬度的测定
11	金属夏比（U形缺口）冲击试验方法	GB/T 229—2007	适用于金属材料室温简支梁受力状态大能量一次冲断 U 形缺口试样吸收能量的测定

续表

序号	标准名称	标准编号	适用范围
12	金属夏比（V形缺口）冲击试验方法	GB/T 229—2007	适用于金属材料室温简支梁受力状态大能量一次冲断V形缺口试样吸收能量的测定
13	金属旋转弯曲疲劳试验方法	GB/T 4337—2008	适用于在室温、空气条件下，测定金属圆形横截面试样在旋转状态下承受纯弯曲力矩时的疲劳性能
14	金属轴向疲劳试验方法	GB/T 3075—1982	适用于在室温、空气条件下，测定金属在承受各种类型循环应力的恒载荷轴向的疲劳性能
15	金属材料轴向等幅低循环疲劳试验方法	GB/T 15248—2008	适用于在室温和高温条件下，测定金属及合金在承受轴向等幅拉—压应力或应变下的低周循环疲劳性能
16	金属材料疲劳裂纹扩展速率试验方法	GB/T 6398—2000	适用于在室温及大气环境下用紧凑拉伸（CT）试样或中心裂纹（CCT）试样测定金属材料大于 10—5cycle 的恒载幅度疲劳扩展速率
17	金属材料平面应变断裂韧度 K_{IC} 试验方法	GB/T 4161—2007	适用于采用带疲劳裂纹的三点弯曲、紧凑拉伸、C形拉伸和圆形紧凑拉伸试样，测定金属材料平面应变断裂韧度 K_{IC} 以及试样强度比 R_{SK}
18	金属板材表面裂纹断裂韧度 K_{IE} 试验方法	GB/T 7732—2008	适用于具有半椭圆表面裂纹的矩形截面拉伸试样，在室温（15～35℃）和大气环境下测定金属板材表面裂纹断裂韧度 K_{IE}
19	金属材料延性断裂韧度 J_{IC} 试验方法	GB/T 21143—2007	适用于带有疲劳预制裂纹的小试样，利用阻力曲线 J_R 确定金属材料延性断裂韧度，用于评定材料的断裂韧性
20	裂纹张开位移（COD）试验方法	GB/T 21143—2007	适用于带有疲劳预制裂纹三点弯曲试样，对钢材进行室温及低温裂纹张开位移（COD）试验。主要用于线弹性断裂力学失效的延性断裂情况
21	塑料拉伸性能试验方法	GB/T 10401—2006	适用于塑料拉伸强度、断裂伸长及弹性模量测定
22	塑料压缩性能试验方法	GB/T 1041—1992	适用于塑料压缩性能的测定
23	塑料弯曲性能试验方法	GB/T 9341—2008	适用于塑料弯曲性能的测定
24	工程陶瓷弹性模量试验方法	GB/T 10700—2006	适用于机械零部件、结构材料等高强度工程陶瓷在室温下弹性模量的测定。功能陶瓷也可参照执行
25	工程陶瓷压缩强度试验方法	GB/T 8489—2006	适用于机械零部件、结构材料等高强度工程陶瓷在室温下压缩强度的测定。对于高强功能陶瓷也可参照执行
26	工程陶瓷弯曲强度试验方法	GB/T 6569—2006	适用于机械零部件、结构材料等高强度工程陶瓷在室温下三点和四点弯曲强度的测定

序号	标准名称	标准编号	适用范围
27	定向纤维增强塑料拉伸性能试验方法	GB/T 3354—1999	适用于测定单向和正交对称铺层纤维增强塑料平板平行纤维方向（00）和垂直纤维方向（900）的拉伸强度、拉伸弹性模量、泊松比、破坏伸长率及应力—应变曲线
28	纤维增强塑料纵横剪切试验方法	GB/T 3355—2005	适用于采用［±45°］s层压板试样拉伸试验方法测定单向纤维或织物增强塑料平板的纵横剪切弹性模量、纵横剪切强度及纵横剪切应力—应变曲线
29	单向纤维增强塑料弯曲性能试验方法	GB/T 3356—1999	适用于采用三点弯曲加载测定单向纤维平板的弯曲弹性模量、弯曲强度及载荷—位移曲线
30	单向纤维增强塑料平板压缩性能试验方法	GB/T 3856—2005	适用于测定单向纤维增强塑料平板平行纤维方向（00）和垂直纤维方向（900）的压缩强度、压缩弹性模量、泊松比、破坏伸长率及应力—应变曲线

附录Ⅴ 新旧标准性能名称和符号对照

新 标 准			旧 标 准	
性 能 名 称		符 号	性能名称	符 号
断面收缩率	Percentage reduction of area	Z	断后收缩率	ψ
断后伸长率	Percentage elongation after fracture	A $A_{11.3}$ A_{xmm}	断后伸长率	d_5 d_{10} d_{xmm}
断裂总伸长率	Percentage total elongation at fracture	A_t	—	—
最大力总伸长率	Percentage elongation at maximumforce	A_{gt}	最大力下 的总伸长率	d_{gt}
最大力非比例伸长率	Percentage non-proportional elongation at maximum force	A_g	最大力下 的非比例伸长率	d_g
屈服点延伸率	Percentage yield point extension	A_e	屈服点伸长率	d_s
屈服强度	Yield strength	—	屈 服 点	σ_s
上屈服强度	Upper yield strength	R_{eH}	上屈服点	σ_{su}
下屈服强度	Lower yield strength	R_{eL}	下屈服点	σ_{sL}
规定非比例延伸强度	Proof strength, non-proportional extension	R_p 例如 $R_{p0.2}$	规定非比例伸长应力	σ_p 例如 $\sigma_{p0.2}$
规定总延伸强度	Proof strength, total extension	R_t 例如 $R_{t0.5}$	规定总伸长应力	σ_t 例如 $\sigma_{t0.5}$
规定残余 延伸强度	Permanent set strength	R_r 例如 $R_{r0.2}$	规定残余伸长应力	σ_r 例如 $\sigma_{r0.2}$
抗拉强度	Tensile strength	R_m	抗拉强度	σ_b

附录Ⅵ　常用材料的主要力学性能

材料名称	牌号	E (GPa)	μ	$\sigma_{0.2}$ (MPa)	σ_b (MPa)	δ_5 (%)	ψ (%)
普通碳素钢	Q235	210	0.28	215～315	380～470	25～27	
	Q255	210	0.28	205～235	380～470	23～24	
	Q275	210	0.28	255～275	490～600	19～21	
铸　钢		210	0.30	＞200	＞400	20	
优质碳素钢	20	210	0.30	245	412	25	55
	35	210	0.30	314	529	20	45
	40	210	0.30	333	570	19	45
	45	210	0.30	353	598	16	40
	50	210	0.30	373	630	14	40
	65	210	0.30	412	696	10	30
合金钢	15Mn	210	0.30	245	412	25	55
	16Mn	210	0.30	280	480	19	50
	30Mn	210	0.30	314	539	20	45
	65Mn	210	0.30	412	700	11	34
	40Cr	210	0.30	785	980	9	45
	40CrNiMo	210	0.30	835	980	12	55
	30CrMnSi	210	0.30	885	1080	10	45
	30CrMnSiNi2A	210	0.30	1580	1840	12	16
灰铸铁	HT100	120	0.25		100（拉）500（压）		
	HT150	120	0.25		100（拉）500（压）		
	HT200	120	0.25		100（拉）500（压）		
	HT300	120	0.25		100（拉）500（压）		
球墨铸铁	QT400-18	120	0.25	250	400	17	
	QT400-15	120	0.25	270	420	10	
	QT500-7	120	0.25	420	600	2	
	QT600-3	120	0.25	490	700	2	
	QT700-2	120	0.25	560	800	2	

参 考 文 献

1. 刘鸿文，吕荣坤. 材料力学实验. 第 3 版. 北京：高等教育出版社，2006.
2. 邓小青. 工程力学实验. 上海：上海交通大学出版社，2006.
3. 熊丽霞，吴庆华. 材料力学实验. 北京：科学出版社，2006.
4. 高健，李颖. 工程力学实验指导. 北京：人民交通出版社，2008.
5. 朱铉庆，彭华，林树，等. 材料力学实验. 武汉：武汉大学出版社，2006.
6. 李成华，栗震霄，赵朝会. 现代测试技术. 北京：中国农业大学出版社，2001.
7. 计欣华，邓宗白，鲁阳，等. 工程实验力学. 北京：机械工业出版社，2005.
8. 张如一，陆耀桢. 实验应力分析. 北京：机械工业出版社，1981.
9. 王吉会. 材料力学性能. 天津：天津大学出版社，2006.
10. 王习术. 材料力学行为试验与分析. 北京：清华大学出版社，2007.